Ursel Waibel

Der Weihnachtsengel Filius
und
der Osterhase Hans

Ursel Waibel

Der Weihnachtsengel Filius
und
der Osterhase Hans

Eine etwas andere Geschichte

Inhaltsverzeichnis

Wie es zu der Geschichte kam:

„Seine Freude in der Freude des anderen finden zu können, das ist das Geheimnis des Glücks."

Mit diesem Gedanken hat alles angefangen. Über viele Jahre hinweg habe ich mich selber als Osterhase oder/und Nikolaus beschäftigt. Immer wieder konnte ich mir neue Kleinigkeiten ausdenken und sie basteln, mit denen ich den lieben Menschen um mich herum eine Freude machen wollte. In der Osternacht, bzw. am Nikolausabend habe ich dann alles in mein Auto gepackt und es heimlich an die Haustüren gestellt. So hat es auch für erstaunte Gesichter gesorgt. Weil ich damit im laufe der Zeit immer „neue" Freunde überraschte, die nicht gleich erahnten woher das Geschenk kam. Nachbarn denen es zugedacht wurde, haben ja alles abgestritten.
Einfach schön!
Und so kam es, dass mir die Nacht nicht mehr zum Ausfahren reichte, es waren einfach zu viele Menschen und die Wege wurden immer weiter und länger. Doch aufgeben wollte ich meinen schönen Brauch auch nicht.
So blieb mir nur das verschicken mit der Post, was aber für die gebastelten Sachen sehr teuer geworden wäre. Ein Brief, das schien mir angemessen und so begann die Geschichte. Mit den Jahren wurden die Stimmen der kleinen und großen Leser immer lauter. „Nicht aufhören!" und „Wann kommt das Buch heraus?!"
Und so möchte ich es nun versuchen und mit noch mehr Menschen meine „etwas andere Geschichte" teilen.

Meinem Mann und meinen Kindern möchte ich auf diesem Wege ganz besonders herzlich Danken, für ihre Unterstützung und ihren Glauben an mich. Ohne sie wäre es nicht möglich.
Dankeschön!!!!!!!!!

Kurz vor Ostern (1)

Es war ein beschwerlicher Winter für den kleinen Hasen gewesen. Er hatte etliche Male den Eingang zu seinem Bau von den Schneemassen befreit. Viele Körbe voll Feuerholz hatte er dann dort hineingeschleppt.
„Wenn es doch nur wieder wärmer werden würde!", so hatte er schon oft sehnsüchtig an dem kleinen etwas vereisten Fensterchen gestanden.
Als vor vielen, vielen, vielen Wochen der Winter mit seiner weißen Pracht Einzug gehalten hatte, da war es jeden Tag eine Freude gewesen am Fenster zu stehen und den übermütigen Kindern beim Spiel im Schnee zuzusehen. Nur zu gerne wäre er auch einmal auf dieses komische Holzgestell gesessen und auch den Hügel mit fest angelegten Ohren herunter gebrettert.
Nun aber waren sie eigentlich schon lange nicht mehr hier aufgetaucht. -Eigentlich!
Wenn da nicht gestern eine ganze Familie gewesen wäre. Diesmal hatten sie auch ein Holzgestell dabei, welches aber Räder hatte. Sie lehnten es an den Baum, der ganz nahe bei seinem Bau stand und waren mit einem kreisrunden Ei, viel größer als das größte Osterei das er je gesehen hatte, auf die immer grüner werdende Wiese gelaufen.
Was hatte er doch für Augen gemacht, als er sah, was sie nun mit dem Ei anstellten. Die schlugen mit voller Kraft und dann auch noch mit dem Fuß auf das Ei – und, und es ging nicht einmal kaputt dabei. Im ersten Moment wollte er hinauslaufen und- aber was sollte er tun. Er wusste doch, wie leicht die Schale von einem Osterei aufspringt, und dann war die ganze Herrlichkeit dahin und nichts mehr zu retten.
Denn er wusste, wie viel man üben musste, bis einem die Arbeit des Eier bemalens fließend von der Hand ging, ohne, dass die Hälfte nicht mehr zu gebrauchen war.

Und wenn er sich in seiner Werkstatt so umschaut, da war er richtig stolz, denn es dürfte bald die Hälfte der gesamten Ostereiermenge für dieses Jahr, fertig sein.

Mittlerweile hatte er Mühe, die fertigen Exemplare noch irgendwo, irgendwie unterzubringen.

Er durfte gar nicht daran denken, wie er sie alle verteilen sollte.

Sein Blick wanderte wieder hinaus und blieb an diesem fahrbaren Holzgestell hängen. Da kam ihm eine Idee, wenn er so ein Ding hätte, dann wären alle seine Probleme gelöst.

Wie aber konnte er es bloß anstellen?

-Plötzlich entdeckte er etwas sehr seltsames! Saß da nicht ein kleines Wesen. In einem leuchtenden und funkelnden Kleidchen? Als sei es aus Gold und Silber und das Sonnenlicht würde auf den Farben ein Freudentänzchen veranstalten.

Doch nicht ein einziger Sonnenstrahl schien dort durch das immer dichter werdende Laubdach. Das Wesen funkelte ganz von alleine so geheimnisvoll.

Der Hase rieb sich nun doch die Augen, dann sah er schnell wieder hinaus. Das war kein Mensch, es war viel zu klein, aber ein Hase war es auch nicht. Es hatte keine langen Ohren.

Was war das? Es sah aus wie ein Kränzchen, ja, auf dem krausen Fell des kleinen Kerlchens war ein Kränzchen.

Komisch, so etwas hatte er noch nie gesehen. Sollte er sich hinaus wagen und versuchen mit ihm zu reden? Würde er ihn verstehen?

Vorsichtig ging er zum Höhleneingang und schnupperte erst einmal in alle Richtungen, dann trat er einen Schritt hinaus.

Und schon war das kleine Irgendwer verschwunden!

So ein Mist, das hatte er doch nicht gewollt! Was sollte er machen? Er traute sich, nachdem er nun schon so weit war, etwas näher. Nichts und niemand war zu sehen.

So machte sich der Hase einfach daran, dieses hölzerne Gefährt etwas näher zu begutachten.

„Hast Du eine Ahnung, für was dieses Ding hier zu gebrauchen ist?", fragte der kleine Kerl und setzte sich – schwupdiwup- hinein.

„Du musst wissen, ich bin ein kleines Helferlein. Mein Name ist Filius! Und manche sagen auch Engel zu mir. Wobei ich dafür fast noch etwas zu klein bin", so sprudelte es nur so aus dem mit ganz roten Backen fast glühenden Gesichtchen. Dem kleinen Hasen aber standen Mäulchen und Augen auf, so hatte er sich erschrocken. Seine Augen wanderten unentwegt zwischen Holzgestell und dem kleinen Wesen hin und her.

Irgendwann hatte er sich wieder gefasst und entgegnete: „Leider weiß ich auch nicht, was das Ding hier genau ist, und ich weiß auch nicht wie diese Menschen es nennen. Aber ich habe da ein Problem und dieses Ding hier wäre meine Rettung!", die Ohren des kleinen Hasen wackelten ganz aufgeregt.

In diesem Moment kam eines der Kinder auf sie zu gerannt, und rief: „ Mama, Mama, sieh nur, ein Hase!", das war das Signal! Der kleine Hase und Filius waren mit drei Sätzen verschwunden. Jeder in eine andere Richtung.

Im dunklen Dickicht hatte der Hase Unterschlupf gefunden, und der kleine Engel saß ganz versteckt, oben im Baum.

Das dauerte, bis die Luft endlich wieder frei war. Der Junge hatte es irgendwann aufgegeben zu suchen. Auf die Bitte der Mutter hatte er das fahrbare Etwas auf die große Wiese gezogen.

Dort wurden dann die Kinder samt Riesen-Osterei hineingepackt und davongezogen. Der kleine Junge aber konnte seinen Blick nicht vom Waldrand abwenden. Erst als er ganz sicher verschwunden war trat der kleine Hase aus seinem Versteck, und rief nach Filius.

Der schwebte in einer Art und Weise vom Baum, dass dem Hasen glatt die Spucke weg blieb!

„Komisch, so jemanden wie dich hab ich noch nie gesehen!", er musste immerzu den Kopf schütteln, so dass die Ohren nur so durch die Luft wirbelten.

„Das ist nichts besonderes, weil ich ja ein Engel bin!", sagte Filius. „Nun aber zu unserem Problem zurück. Ich muss jetzt leider weg, hätte aber morgen noch mal vorbei geschaut. Könnten wir da nicht in Ruhe über alles reden Herr…?"

Jetzt fiel es auch dem kleinen Hasen auf, dass er sich noch nicht vorgestellt hatte. „Oh, das tut mir leid, wie konnte ich nur, es war einfach alles so aufregend! Darf ich mich vorstellen, Hans Hase! Osterhase!" „Also gut Hans, dann sehen wir uns morgen, hier am Baum?!", schlug Filius vor.

„Ich hätte da einen bessern Vorschlag, mein Bau ist dort drüben, siehst du? Und wenn du mich da besuchen kommst, dann kann ich dir mein Problem vor Ort zeigen", purzelte es aus Hans heraus. Der Engel willigte ein und war auch schon verschwunden.

An diesem Abend malten sich die Eier fast von selbst. Und der Hase schlief total erschöpft ein.

Ja, und das war nun gestern gewesen! Heute ist der Hase in aller Frühe auf den Pfoten, und hat in Windeseile angefangen, etwas Ordnung zu schaffen. Nun sitzt er da, vor sich den Tisch hübsch gedeckt und wartet. `Wie lange würde sein neuer Freund auf sich warten lassen! ´ Hans war so ungeduldig und so aufgeregt.

Dann holt er Farben und Eier und malt, weil er hofft, die Zeit würde so schneller vergehen.

Als er wieder auf sieht, hätte er fast laut aufgeschrien. Hockt ihm doch dieser Filius auf einmal gegenüber und schaut ihm ganz verzückt beim Malen zu.

„Wo kommst du denn her? Ich habe dich gar nicht hereinkommen gehört!", stammelt der kleine Hase und versucht das Zittern seiner Pfoten in den Griff zu bekommen. Vorerst konnte er sich das Weitermalen ins Fell schmieren, so wie ihm heiß und kalt war.

Filius dagegen lehnt sich ganz gelassen zurück und lässt seinen Blick langsam umherschweifen. „So schön hab ich mir das nicht vorgestellt! Es ist umwerfend, was ihr Osterhasen da zaubert! Ich kann mich an den Farben und allem gar nicht satt sehen. Es ist, als stünden wir mitten im schönsten Regenbogen! Ich bin begeistert!", schwärmt der kleine Engel. „Sag, du musst doch der Beste Osterhasen-Eier-Bemaler von euch allen sein?! Wie hast du das nur hingekriegt? Wie lange hast du dafür gebraucht?" Der kleine Hase wird ganz verlegen und seine Barthaare fangen nun auch noch an zu zittern.

„Ich glaube, du siehst das falsch! Ich bin doch nur ein kleiner Hase und eigentlich übe ich auch noch, - irgendwie, oder, aber, - auf jeden Fall, das finde ich auch, dass sie gar nicht so schlecht geworden sind!" Jetzt sitzt er auf einmal ganz fest und sicher auf seinem Hocker, denn wenn er ehrlich war, hatten ihm diese Komplimente eben, sehr gut getan.

„Nun aber mal richtig zur Sache!", räuspert sich der kleine
Gast, „Wo liegt nun das Problem? Ich sehe keines!" „ Na wie
soll ich denn die ganzen Eier verteilen? Ich kann doch nicht
hexen oder zaubern, oder all so was!", der Hase Hans ist ganz
aufgeregt. „ Und da hab ich dann gestern dieses Ding dort
draußen gesehen! Da dachte ich, das wäre vielleicht die
Lösung meiner Probleme. Nur wie komme ich an so ein
Holzgestell?"
Man könnte meinen, der kleine Kranz auf dem Kopf des
Engels hat angefangen zu leuchten, aber es sind seine Augen,
sein ganzes Gesicht!

„Ach Hans, das ist doch ganz einfach, und vor allem weiß ich
jetzt auch, warum ich hier bin!", tönt es aus seinem Mund.
„Meine Freunde und ich werden dir helfen! Das ist jetzt nicht
mehr dein Problem. Du kannst dich ab jetzt ganz aufs Malen
konzentrieren, denn das kannst du am aller, aller besten. Ich
für meinen Teil sollte mich nun aber verabschieden, denn ich
hab nun auch jede Menge zu tun. Lieber Freund in fünf Tagen
bin ich wieder da, dann ist alles gut!" Und – und schon ist er
verschwunden!
Der Hase ist ganz aufgewühlt, es ist ihm, als drehe sich alles,
und so nimmt er einen großen Schluck aus der Teetasse und
schnauft einmal tief durch.
Was aber hat der kleine Engel vor?
Dieser trommelt alle anderen kleinen Helferlein zusammen,
und zeichnet ihnen in schnellen Strichen, wie das Gebilde
auszusehen hat. Und schon kommt ein geschäftiges Treiben
in Gange.
Filius aber lehnt sich zurück und schaut nur. Am Abend treffen
sich alle wieder. Jeder begutachtet, was der andere gearbeitet
hat und ist entzückt.
Nach fünf Tagen ist alles fertig! Was staunt der kleine Hase,
als Filius damit vor seinem Bau auftaucht.

Das Gefährt wird sofort mit all den bunten Eiern beladen. Dann stärken sich die beiden noch etwas, und als es dunkelste Nacht ist, ziehen sie los.
Und was dann geschah, das könnt Ihr Euch selber denken.

Hier endet nun der Osterteil. Filius und Hans Hase besuchen sich den Sommer über nicht, aber als gute Freunde denken sie viel aneinander.

6. Dezember – Nikolaustag (2)

Ich weiß, was heute für ein Tag ist! Und ich weiß, dass der Weihnachtsmann ein anderer ist als der Nikolaus!
Ja doch, das weiß ich auch!
Aber ich möchte Euch die Geschichte trotzdem erzählen, denn dem Heiligen Nikolaus ist der kleine Filius wah100rscheinlich noch nicht begegnet, dafür ist er einfach noch zu klein!
Wenn ich mit der Geschichte allerdings bis Weihnachten warte, dann wird sie einen noch längeren Bart haben, wie der Nikolaus selber. Dem kleinen Filius passiert nämlich jede Menge, allerdings scheint er dabei auch in das ein oder andere Fettnäpfchen zu treten.
So hoffe ich, dass ihr mir verzeihen könnt, dass das Ganze etwas durcheinander ist.
Weihnachtsmann – Nikolaus!!! ---- Osterhase?

Nikolaustag

Seit ein paar Wochen, ich weiß auch nicht, da muss ich immerzu an den kleinen Filius denken. Ja natürlich denke ich auch an den Osterhasen Hans. Mit ihm hat die ganze Geschichte ja begonnen.
"Kurz vor Ostern" – das war es doch – und jetzt ist es "Kurz vor Weihnachten".
Doch, denke ich, die Geschichte bekommt noch ihren Namen – ihr Gesicht.

Filius der kleine Engel, ich glaub durch die gute Tat bei Hans Hase ist er wirklich ein kleines Stückchen größer geworden. Soeben steht er vor dem großen Eiskristall und versucht seine wilde Lockenpracht etwas zu bändigen. Er drückt den kleinen Heiligenschein immer fester auf seinen Kopf. Doch er scheint nicht wirklich fest zu halten. Zornig stampft er mit dem Fuß auf, sein Gesichtchen glüht und doch, nichts scheint zu helfen.

Wie soll er so bei dem großen Engelstreffen auftreten, wenn er so gar nicht hübsch anzusehen ist. Er möchte doch endlich auch richtig dazugehören. Er hat es satt immer am Rand zu stehen und fast übersehen zu werden.

Würden doch heute die neuen Aufgaben für die kommende Saison verteilt, und er möchte doch…

Auf einmal kullern ihm dicke Tränen über die heißen Backen und er schluchzt nur noch, es sollte einfach nicht wahr werden. Ich bin und bleib der kleinste… vielleicht bin ich gar kein richtiger Engel?!

Er beschließt gar nicht erst hinzugehen, sie würden ihn sowieso nicht vermissen. Sollten sie doch alles alleine machen!

Mit hängenden Flügeln setzt sich Filius und vergräbt sein Gesicht tief unter den Locken, immer wieder wird das kleine Körperchen ordentlich durchgeschüttelt so hat er sich in die Tränen vergraben.

Inzwischen hat das Treffen der Engel begonnen. Langsam aber sicher verhallt das Geflüster und Getuschel der Anwesenden.

Aloisius der älteste Engel räuspert sich und beginnt: "Ich glaube, ich brauche keinem von Euch zu erklären, warum wir uns hier zusammengefunden haben! Es ist wieder an der Zeit, uns an die Arbeit zu machen! Ich hoffe es sind alle Helferlein anwesend und voller Elan dabei!"

Er erklärt, dass es für diese Werkstatt dieses Jahr Aufgabe sein wird, die Mütze vom Weihnachtsmann zu erneuern. Die Alte sei leider bei der letzten Säuberungs-Aktion mit dem dunkelblauen Mantel von Petrus gewaschen worden. Jetzt ist sie nicht mehr rot, sondern lila gefleckt und könne so unter gar keinen Umständen getragen werden.

Sofort beginnt ein geschäftiges Treiben. Tücher, Stoffe, Nähseide, alles wird auf den großen Tisch in der Mitte gelegt.

Zum Glück hat Aloisius die alte Mütze vom Weihnachtsmann mitgebracht, so kann gleich Maß genommen werden.

Es schwirrt und flattert in der ganzen Werkstatt. Keines der Helferlein steht unnütz im Wege.

Zu aller entzücken wurde sogar noch ein viel edlerer Stoff gefunden, als der von der alten Mütze, und so wird auch an einem neuen Gewand gearbeitet.

Bis zum Abend liegen alle Teile bereit. Beim großen Abendgebet stahlen die Englein heller und heller, sie sind froh und glücklich, endlich auch einmal etwas ganz Besonderes für den großen Tag beisteuern zu können. Bisher waren sie mehr für die kleineren Ausbesserungen der abgenützten Lieblingsbären und Puppen zuständig. Einmal so im Rampenlicht zu stehen, davon hatte jedes einzelne von ihnen geträumt, aber auch irgendwie nicht richtig damit gerechnet.

Mit den ersten Sonnenstrahlen sind alle auf den Beinen und mit Eifer bei der Arbeit.

Bis die tiefe Stimme von Aloisius alle zusammenzucken lässt. Er ist außer sich:" Ich glaub's ja nicht, ihr habt das wichtigste vergessen! Ich glaub's ja nicht!"

Er rennt die Werkstatt rauf und runter, dabei fliegen die Helferlein nur so durcheinander, doch keiner versteht so recht worum es geht, eben waren sie doch noch…

Endlich fasst sich Immanuel ein Herz und baut sich, so groß und so breit er kann, vor Aloisius auf und versucht ihn in seinem Zorn zu bremsen. "Sag mal, was ist eigentlich los? Was glaubst Du, was wir hier machen? Jeder einzelne von uns gibt sein Bestes und Du kannst uns nicht einmal klar sagen, wo dich - was - gezwickt hat!"

Er fährt herum und greift mit beiden Händen in den Stoffberg, der da auf dem Tisch liegt und hält diesen dem nunmehr verstummten Aloisius unter die Nase. "Weißt Du was das ist? Hm!? Ja genau, das ist nicht nur eine neue Mütze, nein, wir haben gleich noch ein neues Gewand dazu!"

Aloisius wird ganz blass und ganz rot, - wie, du weißt nicht wie das geht - Blass ist er, weil er einen solch zarten Stoff noch nie nicht gesehen hat; ganz rot ist er, weil er sich so hineingesteigert hat.

Endlich bringt er die Worte hervor:" Die rote Mütze, die braucht doch einen Bommel! Eigentlich hättet ihr ja den von der alten Mütze nehmen können, aber der ist weg, spurlos verschwunden, ich weiß nicht was wir da jetzt machen sollen."

Immanuel nimmt Aloisius in den Arm und drückt ihn fest.

"Mein lieber, wenn das der Grund für Deine Aufregung ist, dann…, ja, was machen wir dann?"

Zu gerne hätte Immanuel gleich eine Lösung parat gehabt, dann wäre er wirklich fein raus gewesen.

Jetzt sitzen alle mit langen und immer länger werdenden Gesichtern da. Der ein oder andere murmelt etwas vor sich hin, aber auch nicht wirklich.

In diesem Moment kommt Filius ganz Kreide bleich zur Türe hereingeschlichen und wäre am Liebsten gleich wieder hinausgehuscht. Ihn hatte das Geschrei von Aloisius daran erinnert, dass eigentlich alle in der Werkstatt mitzuarbeiten hatten, und er nicht erschienen war.

Hatte das Geschrei nun ihm gegolten?

Doch es nimmt keiner recht Notiz von ihm, und so bleibt er einfach ruhig stehen und versucht herauszuhören, warum Aloisius so zornig brüllt.

"Was sollen wir jetzt bloß machen?" Mit diesen Worten läuft Aloisius in der Werkstatt auf und ab. Immanuel hat begonnen in all den großen Kisten zu wühlen. "Es kann ja auch nicht irgendein Bommel werden, er muss doch passen!", mit diesen Worten kippt er eine volle Kiste auf den großen Tisch. "Los, lasst uns suchen, da wird sich doch was finden!"

"Nicht irgendwas, es muss doch etwas ganz besonderes sein, etwas wie Gold und Silber! Und doch nicht ganz!", brummelig verläßt Aloisius mit stampfenden Schritten den Raum.

Ganz leise und ganz vorsichtig schleicht sich Filius zu
Immanuel, setzt sich dann aber sehr kess mitten in das Allerlei
auf den Tisch. Immanuel tritt zurück, und will gleich...
"Was habt ihr eigentlich für ein Problem!? Wisst ihr nicht, dass
ich der größte >Problemebeseitiger< zwischen Hier und
Nirgendwo bin?"
"Du hast es doch selbst gehört, der Bommel, er fehlt, und jetzt
verschwinde, es muss etwas gefunden werden!"
"Das mein ich doch! Ich bring euch den Bommel! Und zwar
den schönsten!", er springt vom Tisch und will gerade aus der
Werkstatt flitzen, als Rufus ihn am linken Flügel packt und
raunt: "Jetzt sag mir mal Du kleiner Wicht, wie Du das
anstellen möchtest?" "Für so was hab ich keine Zeit, ich muss
los!", und damit war Filius verschwunden.
Na, und, was hat er vor?
Ganz außer Puste landet er vor Hans Hasens Bau und fällt
auch noch hinein. Im aufrappeln plappert er auch schon los:
"Du musst mir helfen...Ich brauch den Bommel...die fertige
Mütze...!"
Hans Hase nimmt das total zerzauste Kerlchen und setzt es
auf den Stuhl, gießt ihm einen Becher Wiesenkräutertee ein
und wartet.
Irgendwann macht Filius eine Pause, und nimmt einen großen
Schluck Tee.
"Was meinst Du mit Bommel und mit Mütze, und wie kann ich
Dir da helfen?", fühlt der Freund nach. Bei Filius scheint der
Tee für Ruhe gesorgt zu haben. Er erklärt, was passiert war.
Dass er es den anderen beweisen möchte. Sie sollten alle zu
ihm auf - nein herab schauen...Auf jeden Fall wollte er es
ihnen zeigen!
"Und es ist ganz einfach, ich brauch nur den Bommel!",
bedeutet er. Hans entgegnet: " Ich dachte das ist euer
Problem, wie soll das bitte einfach sein?"

"Na, bei Bommel, da bist du mir eingefallen", zeigt der Engel: „Brauchst nicht gleich wieder drauf sitzen! Ja, das ist der weichste Bommel, den gib mir mit, dann ist alles gut!"
Den Hasen schlägt es glatt vom Stuhl! "Ich kann dir doch nicht meinen… was glaubst du eigentlich! Das ist mein Bommel und den geb ich, weiß der Himmel, nicht her!"
Filius stehen schon wieder die Tränen im Gesicht "Ich würde sogar jedes einzelne Haar von meinem Lockenkopf geben, wenn es nur so edel aussehen würde wie…!", er schluchzte und weinte und Hans Hase stand auf um nachzudenken. Es musste doch eine Lösung geben!
"Pass auf kleiner Filius, ich geh und frag die anderen Osterhasen, wenn jeder auch nur sieben Haare gibt und du noch ein paar Locken dazu, dann müsste sich daraus doch der schönste Bommel machen lassen, den selbst der alte Herr Weihnachtsmann gesehen hat!", sagt Hans und verschwindet.
Filius beginnt sich derweilen hier und da ein paar Locken zu entreißen. Das tut aber ganz schön weh, doch wenn er damit später der größte sein wird?!
Hans Hase kommt zurück und der Bommel wird prächtiger und schöner, als Hansens Bommel.
Filius nimmt den Bommel, drückt seinen Freund zum Abschied so fest er nur kann und macht sich auf den Weg. "Und eins versprech ich dir! Ich komm dich im Frühjahr besuchen, und dann helf ich dir wieder, kannst dich drauf verlassen, Engelehrenwort!"
In der Werkstatt angekommen legt er den Bommel auf den Tisch "Die Mütze ist gerettet!"
Durch die ganze Engelschar geht ein anerkennendes "Ohh!", und "Ahh!", und jeder ist entzückt. Da nimmt Immanuel den Bommel und legt ihn zusammen mit Nadel und Faden in die kleine Hand von Filius. "Nun denn, dann sollst die Arbeit auch beenden. Ich denke du bist dieses Jahr der Wichtigste, der letzte Stich soll deiner sein!"

Nun liegt Filius auf seiner Wolke und kann gar nicht einschlafen. Er hat es tatsächlich geschafft! Morgen wird der Weihnachtsmann im neuen Gewand, mit neuer Mütze, an dessen Spitze... er fährt sich durch die Lockenpracht! Hatte er sich nicht gewünscht, sie nicht zu haben, jetzt wird der Weihnachtsmann mit seinen Locken... Sein Gesichtchen ist ganz rot vor Aufregung!

Hier möchte ich schließen und den kleinen Engel alleine in seinem Glück lassen. Ob es Engel gibt oder nicht, ist nicht die Frage, ob wir uns einlassen können, darum geht es.
So möchte ich meiner Geschichte den Namen

Der Bommel an der Weihnachtsmütze
geben.

Ich wünsche Dir und Dir, dass mit diesen meinen Gedanken etwas Ruhe und Besinnung einkehre. Es sind nicht die großen Dinge, nein oft ist es eine Kleinigkeit...

Glückstag (3)

Donnerstag 1. April 2004. Mit einem Satz ist Filius aus dem Bett!
Es sind nur noch 1, 2, 3,…11 Tage bis … ja bis Ostern und der kleine Engel liegt noch immer im Bett.
"Jetzt hätt ich fast verschlafen. Ich muss doch zu Hans Hase!", murmelt Filius bei der Katzenwäsche vor sich hin.
Er wirbelt nur so durch die himmlischen Gemächer. Einmal kurz in der Küche und schwups ist er auch schon an Petrus vorbei durch die Himmelpforte gewischt. Zum Glück war der heut noch recht verschlafen, sonst hätte er sich noch auf einen längeren Plausch mit demselbigen einlassen müssen.
Hoffentlich hat Hans Hase auf ihn gewartet. Doch, gewartet hat dieser nicht wirklich! In dessen Bau steht der vollgeladene Leiterwagen, den ihm Filius mit seinen Helferlein gebaut hatte und links und rechts warten jeweils noch ein großer Korb ebenfalls bis oben hin angefüllt mit den schönsten Ostereiern. Bunter und ich glaube sogar noch hübscher als im letzten Jahr.
Doch so sehr sich Filius auch müht und sucht, er kann Hans Hase nicht entdecken.
Irgendetwas geht hier nicht mit rechten Dingen zu!
Filius geht wieder hinaus und um den ganzen Bau herum, aber da ist nichts, nichts was seinem Freund auch nur in irgendeiner Weise ähnlich sehen könnte.
'Nun gut', denkt Filius und setzt sich an Hans Hasens kleinen Tisch in dessen Bau und versucht die Sache in aller Ruhe anzugehen, 'Losgezogen ist er noch nicht! Dazu ist es ja auch noch etwas zu früh! Aber warum ist alles schon fix fertig hergerichtet?'

Mit einem Mal stürmt der Hase zur Türe herein und durchwühlt die hinterste Ecke gleich neben seinem Schlafplatz. Er murmelt etwas von: "Hier muss es doch eigentlich sein…"
"Was suchst du denn, Hans Hase?", platzt es aus Filius heraus, "Kann ich dir helfen?" Wie vom Blitz getroffen fährt der Hase herum. "Filius – Filius! Ich glaub's nicht! Wo kommst du denn her?"   Pause   "Dich schickt der Himmel!"
"Wie meinst du das, mich schickt der Himmel?", Filius schaut den Hasen ganz entgeistert an. "Ich hab dir doch versprochen, dass ich komme und helfe, aber du hast ja alles alleine gemacht!", und verzieht etwas das Gesichtchen.
"Nein Filius, es ist doch alles ganz anders! Ich hab da draußen,… gleich bei der dicken, alten Eiche,… einen kleinen Schatz,… und Du musst mir helfen!"
Der Hase wickelt ein paar Vorräte in ein großes Blatt ein und huscht an Filius vorbei wieder hinaus. Filius hinterher, aber er hatte Mühe mitzuhalten.
Sie sausen den Berg hoch zur Eiche, und kurz bevor sie es geschafft haben, bleibt der Hase stehen, fuchtelt aufgeregt mit den Ohren, und bittet Filius, sich hier kurz hinzusetzten und zu warten. Er würde vorgehen und alles abklären.
Was hatte dieser nun schon wieder vor, warum sollte Filius hier warten? Sollte er sich einfach anschleichen und selber nachsehen?
Doch da ist der gute Hans auch schon zurück. "Los komm mit, aber bitte ganz leise!", sagt er und zieht an Filius Arm
Im Schatten unter der großen, alten Eiche liegen zwei eng aneinander gekuschelten wolligen Bündel und Filius hat Mühe Anfang und Ende unterscheiden zu können.
"Ich hab sie hier entdeckt, und …", will Hans Hase erklären. Filius streichelt währenddessen den Beiden die Köpfe. "Du musst uns helfen, der Kleine ist eingeschlafen, aber er muss doch…!", haspelt Hans. "Was muss er?", fragt Filius das große Wollknäul.

"Mein kleiner Schatz hier, ich habe ihn heute zur Welt gebracht, aber … ich weiß nicht! Er hat keine richtige Kraft. Er hat sich gleich hier hingekuschelt und ist eingeschlafen. Meinst du er ist krank?", bedeutet die Mutter und liebkost ihr Kleines.

Filius kratzt sich nachdenklich: "Hmm, weißt du, ich bin auch so ein 'Gern-Schläfer', grad heute hätte ich wieder fast verschlafen. Gib ihm doch eine kleine Weile, dann versuchen wir es gemeinsam noch einmal."
Der kleine Lockenkopf, ach Filius, er kann nicht anders. Er kuschelt sich an die zwei, - so etwas liebte er, und versuchte alle etwas abzulenken: "Du, liebe Mama Schaf, hat denn dein kleiner Schatz schon einen Namen?"
„Nein, wie hätte ich denn daran denken sollen, er hat mich doch gleich so…!", stammelt die Mutter.
"Es muss aber ein ganz zarter kuscheliger Name sein", schiebt sich Hans Hase dazwischen.
"Nein, ich denke…", räuspert sich Filius, "wir sollten ihn mit seinem Namen etwas aus der Reserve locken. Ich glaube, er

ist gar nicht so, wie es jetzt aussieht. Wie wäre es mit Benjamin, das heißt 'Glückskind'. Er ist doch dein größtes Glück!?"

Sie beugt sich ganz tief zu ihrem Jungen und flüstert in sein Ohr: "Komm Benjamin, es ist wirklich dein, nein, es ist der Glückstag! Komm wach auf, sonst verschläfst du das Schönste!", sie hebt ihren Kopf und wendet sich an die Beiden. "Ich glaube wir haben die besten Freunde gefunden!", Hans Hasens Näslein zittert vor Aufregung "Schon gut Rahel, es hat uns einfach der Himmel meinen Freund Filius geschickt. Weißt du, den hab ich vor einem Jahr kennen gelernt, als ich ganz schön in der Patsche saß!"

In dem Moment hebt das kleine Kerlchen den Kopf und blinzelt ganz verschlafen den Dreien entgegen.

"Ich habe Hunger!", und schon ist sein Kopf an Mutters Bauch verschwunden. Diese scheint überglücklich und liebkoste ihren kleinen Schatz mit ihrer Zunge.

Filius und Hans Hase sehen sich an und schleichen sich davon. Sie rennen, kullern, hüpfen, tanzen und fliegen den Hügel hinab und sind nicht wirklich zu bremsen. In Hans Hases Bau angekommen fallen sie sich um den Hals. "Ach Filius, was soll ich sagen…!", schnauft Hans. "Nichts", entgegnet dieser, "ich bin so froh, dass ich nicht wirklich ganz verschlafen habe, sonst wäre ich nicht dabei gewesen!"

Sie setzen sich an den Tisch, und nehmen beide einen großen Schluck Kräutertee. "Du, Hans Hase, aber warum hast du nicht auf mich gewartet, das war doch so abgemacht! Nun hast du alle Eier alleine angemalt, dabei wollt ich doch auch mal…!", schmollt Filius etwas.

Da stellt Hans Farbe um Farbe auf den Tisch, das große Glas mit Pinsel, und einen großen Korb mit weißen und braunen Eiern. "Das sieht hier nur so aus", erklärt sich der Hase, "Ich hab doch die ganzen letzten Tage mich um Rahel kümmern müssen, und da dachte ich, wenn ich nicht wirklich fertig werde, dann hab ich wenigstens die zusammengepackt, die ich doch noch geschafft habe. Wenn du aber jetzt Lust hast, dann legen wir noch mal los. Vielleicht schaffen wir es dann doch noch!"

Potzblitz, da hatte Filius aber noch mal Glück gehabt. Seit Weihnachten hatte er sich schon zurecht gelegt, was er auf die Eier malen würde, und jetzt war es endlich soweit! Er rutscht so unruhig auf seinem Hocker in und her, dass Hans Hase Angst bekommt, die Eier würden noch vor Ihrer Fertigstellung zu Bruch gehen. Er entgegnet aber nichts, denn schließlich war Filius sein bester Freund.

Als es anfängt dunkel zu werden lehnen sich beide zurück. Recken und strecken sich und schnaufen einmal ganz tief. "So hab ich es mir vorgestellt, genau so! Ach, es tut so gut! Der Pinsel läuft fast wie von selbst über das Ei. Ich kann meinen Gedanken und Gefühlen einfach freien Lauf lassen!", schwärmt Filius. Hans Hase hat derweilen ein paar Häppchen an das andere Ende des Tisches gestellt und es verschwindet auch schon die ein oder andere Köstlichkeit in seinem Mäulchen. "Hast Du keinen Appetit?", fragt er mampfend.

"Doch, aber weißt du, wen wir nicht vergessen sollten? Vielleicht haben Rahel und Benjamin auch Hunger?!", er steht auf und geht zur Tür. "Ich werde sie einladen und du machst Platz hier!"

‚Na das ist mir einer, übernimmt hier in MEINEM Bau das Kommando! Aber er hat ja Recht,' denkt der Hase und kümmert sich um alles.

Rahel und ihr kleiner Schatz sollten es sich auf seinem Lager bequem machen und sie beide würden mit den Hockern zu ihnen rutschen, dann wird es wie ein richtiges Picknick. Und der kleine Benjamin kann es sich so gemütlich wie möglich machen.

Schon poltern die Drei zur Türe herein. Der Hase ist ganz entzückt, wie das Lämmchen noch etwas unbeholfen daher stakst.

Und Hunger haben die! Filius und Rahel können gar nicht genug bekommen. Benjamin haben sie eine Mohrrübe hingelegt, an der kann er schnuppern und etwas herumknabbern, denn eigentlich ist er ja noch zu klein um so etwas zu fressen.

Nach einer Weile hat er sich eingekuschelt und ist eingeschlafen. Die anderen drei sind ganz still geworden. "Ist das ein Glück!", flötet Filius "Ich habe immer gedacht im Himmel ist das Glück zu Hause, aber wenn ich euch so sehe…! Ich möchte mich bei euch bedanken, für diesen schönen Tag!"

Rahel und der Hase bekommen ganz rote Backen vor Verlegenheit.

An diesem Abend, nein besser gesagt in dieser Nacht verlies keiner mehr den kleinen Bau. Als sie sich nicht mehr wirklich aufrecht halten konnten, kuschelten sie sich alle auf dem Lager zusammen und schliefen glücklich ein.

Nun möchte ich mich aber an dieser Stelle aus der Geschichte herausnehmen und Euch mit diesen Gedanken in die frohe Zeit entlassen.

Ich wünsche Euch ein tiefes glückliches Ostererlebnis, auf dass ihr es den Fünfen etwas gleich tun könnt.

Der kleine Engel hat sich nach getaner Arbeit wieder von Hans Hase verabschiedet und ihm einen schönen Sommer gewünscht, wer weiß, ob sie sich wieder sehen…

Wenn kleine Engel groß werden (4)

Filius konnte von seiner Wolke aus den Sommer kommen und gehen sehen. Ja, und den Herbst hatte er zu spüren bekommen, denn eigentlich hat seine Wolke nichts mit unserem Wetter auf der Erde zu tun, aber der ein oder andere Sturm hinterließ auch im Himmel seine Spuren.
Nun aber ist das alles schon wieder eine ganze Weile her, und es wird hier in den nächsten Tagen auch im Himmel ein ganz anderer Wind wehen. Es stehen wichtige Tage vor der Türe.

Gleich nachdem die Engelschar von dem Glückskind Benjamin erfahren hat, und auch gehört, wer da wieder seine Finger im Spiel gehabt hatte, war der wirklich kleinste Engel Egidius immer zurückhaltender und ruhiger geworden. Den Sommer über schien er manchmal selbst vom Himmel wie vom Erdboden verschwunden. Doch vor einiger Zeit war er zu Filius gekommen und wich ihm seither nicht mehr von der Seite. Er folgte ihm wie ein kleiner Schatten, nur, dass er sich nicht im Hintergrund aufhielt, nein er stellte sich überall dazwischen.
Am Anfang war das noch ganz nett, und Filius betrachtete es auch als seine Pflicht, dem Kleinen alles zu zeigen und zu erklären, aber er wurde halt den Schatten nicht mehr los.
Mittlerweile schläft Egidius nicht mal nur auf der gleichen Wolke wie Filius, nein er kuschelt sich sogar jede Nacht ganz eng an ihn. Langsam aber sicher kann das dem geduldigsten Engel zu viel werden. Eben will sich Filius sein Nachthemdchen überstreifen, als er feststeckt. Er kann mit dem Arm nicht ganz herausschlüpfen, er hängt fest. Murmelnd und maulend kommt er wieder aus dem Hemdchen gekrochen und sucht nach der Lösung. Es ist ganz einfach, der kleine Egidius steht auf dem Ärmel!
Das ist zuviel! Der gutmütige Filius zieht mit einem starken Ruck an seinem Nachthemd und der nichts ahnende Egidius

fliegt nur so durch die Luft und landet mit einem lauten Krachen auf Filius Bett. Zuerst regt er sich überhaupt nicht mehr, es scheint sogar, als würde er nicht mehr atmen, doch dann bricht ein riesengroßer Wasserfall los. Egidius heult und heult und heult...

Filius ist sogar fast schon auf dem Sprung gewesen, seine Wolke zu verlassen, weil er endlich seine Ruhe wollte, als ihm Egidius dann doch leid tut.

Was sollte er machen, er hatte doch Recht gehabt, dieser kleine Wicht hatte ihm in den letzten Tagen und Wochen einfach die Luft zum Atmen genommen. So etwas hätte sonst keiner so lange ausgehalten. Jetzt war es einfach genug. Was wollte er eigentlich von ihm? Ja genau: " Du, Egidius, was ist eigentlich los mit dir. Seit Wochen folgst du mir auf Flug und Schweben, das ist so nicht zum Aushalten!?"

Das kleine Kerlchen dreht sich zur Seite und schaut Filius mit riesigen verheulten Augen an. "Ich möchte doch auch so sein wie du! Du hast es geschafft, alle mögen dich. Weißt du noch im letzten Jahr, da warst du der große Held hier bei den Helferlein. Alle haben dir zugejubelt!"

Filius sinkt neben den kleinen Engel nieder und streichelt ihm den Kopf. Wie Regentröpfchen fällt es ihm zu. So hatte er es nie gesehen.

Ja, er wollte es allen beweisen, als er den Bommel für die Mütze vom Nikolaus daher brachte, aber eigentlich war er der Meinung, er war alleine so hilflos gewesen, die anderen Helferlein waren so fleißig, sie haben alle so stark auf ihn gewirkt. Und Egidius wurde von allen geherzt und betüttelt. Das war doch ganz normal. Komisch, dass er sich doch nicht so wohl zu fühlen schein.

Auf Filius Stirn erscheinen tiefe Sorgenfalten, hat er jetzt etwas Dummes angestellt? Jedem anderen wäre schon viel früher der Kragen geplatzt. Er wollte Egidius doch nicht weh tun. So verstreicht Minute um Minute. Filius liebkost aus Sorge und in

Gedanken das Häufchen Elend immer mehr. Er nimmt sein Nachthemd und hüllt ihn damit richtig ein und so kommt was kommen muss, Egidius schläft ein.

Doch in Filius Kopf beginnt es jetzt richtig zu arbeiten. Und als der Atem von seinem kleinen Freund sich ganz beruhigt hat, er also sicher tief und fest schläft, da zieht er sein Kleidchen wieder an und macht sich auf. Wen sollte er um Rat fragen? Vielleicht war Aloisius noch nicht zu Bett gegangen? Oder sollte er lieber erst bei Rufus oder Immanuel vorbei schauen. Einer von denen musste ihm doch weiterhelfen können.
Er macht sich einmal vorsichtshalber zur Werkstatt auf, vielleicht waren sie ja noch beieinander und … vielleicht hatten sie alle zusammen eine gute Idee.
Doch dem ist nicht so. Die Werkstatt ist wie leer gefegt, niemand scheint mehr auf zu sein. Was sollte er nur machen?! Filius macht sich wieder auf den Weg zu seiner Wolke und kuschelt sich dort ganz dicht an Egidius. Das Ganze muss einfach bis morgen warten. Und schläft ein.

Egidius ist wirklich total erschöpft und Filius besteht darauf, dass er in seinem Bett liegen bleiben müsse. Er selber stürzt gleich nach dem Frühstück zu Aloisius, aber noch vor dessen Tür dreht er um. Aloisius würde ihn wohl doch nicht verstehen. Womöglich hatte er ja auch gar keine Zeit. Um einen Weg aus dem Ganzen finden zu können würde er Abstand brauchen und so macht er sich auf, ein wenig frische Luft zu schnappen. Dabei kommt er bei Petrus vorbei und dieser unterbricht seine Gedankenflut: "Filius, sag mal, welcher Floh ist denn dir über die Flügel gekrabbelt?"
"Ach Petrus, wenn du wüsstest!", sagt Filius.
"Ja, wenn ich es wüsste, was dich so beschäftigt, dann könnt ich dir vielleicht etwas dazu sagen", sorgt sich Petrus.
"Möchtest du mich nicht in deine Gedanken einweihen?"

"Hmmm!", bedeutet Filius, "Ich würd dem kleinen Egidius so gern beim größer werden helfen, aber irgendwie scheine ich selbst so klein!"

"Wo ist denn Egidius? Und wo gehst du hin?", will Petrus mitfühlend wissen.

"Unser Freund schläft sich auf meiner Wolke richtig aus und ich, ja wo geh ich hin? Wenn ich das nur wüsste!", stottert dieser.

"Hast du denn niemanden mit dem du dich beraten kannst?", fragt Petrus.

"Einen Freund meinst du", versucht Filius seine Gedanken in Worte zu fassen, "Halleluja, genau das ist es! Pass du mir mal auf den Himmel auf und alle die es hier nötig haben, ich bin bald zurück!" Und schon ist er verschwunden.

Petrus schüttelt den Kopf, immer diese kleinen Engel. Ich dachte in der Ruhe liegt die Kraft. Aber dieser hier ist irgendwie der verrückteste!

Na, und wo ist unser kleiner Helfer abgeblieben?

Er ist so schnell zu seinem Freund Hans Hase geflogen, dass er mit samt der Türe in dessen Bau platzt. Sein Schwung ist so heftig, dass alles durcheinander fliegt. Nach ein zwei Minuten legt sich das Ganze und er kann das angerichtete Chaos überblicken.

Doch es sieht schlimmer aus, als angenommen, auf allem, ja auf gar allem schwebt dieser Federschleier!

Hans Hase hatte heute Nacht so gefroren, dass er sich gleich heute Morgen sein warmes Federbett herausholte, und dieses war nun geplatzt und der ganze Inhalt fliegt durch den Bau.

"Na so was Filius! Schön dass du vorbei schaust! Es wäre nur vielleicht besser gewesen, du wärst nicht so stürmisch gewesen, jetzt haben wir den Feldsalat!", spuckt Hans und fischt sich dabei noch zwei Federn aus dem Mäulchen.

"Ich hatte es einfach eilig und es tut mir ja auch ganz doll leid, warte ich helfe dir!", rappelt sich Filius hoch. "Lass gut sein", wehrt der Hase ab. "Komm lass uns draußen in die Sonne sitzen und erzähl mir was los ist. Du bist ja vollkommen durch den Wind."

Filius versucht mit ein paar Umschreibungen seinen Freund in die Sache einzuweihen und sieht ihn dann mit großen Augen an.

"Alles schön und gut, aber ich glaube dieses Mal musst du zu Aloisius gehen, ich kenn mich bei euch im Himmel einfach zu wenig aus.", versucht sich Hans.

"Meinst du wirklich?", forscht dieser "Ich habe Angst, dass er mir gar nicht zuhört."

"Dann, dann müssen wir…", meint der Hase. "Ich wusste gar nicht, dass man vor einem Engel Angst haben kann?"

"Hm, das ist ja auch nicht wirklich so! Ich wollte ihn doch nur nicht damit belasten!", redet sich Filius raus. "Ich schaff das schon."

Als Angsthase will er nun wirklich nicht vor seinem besten Freund dastehen, nicht vor ihm. Aber Angst hat er trotzdem. Mit einem ganz dumpfen Gefühl im Bauch macht er sich auf zu Aloisius. Ja, und dieser hat natürlich nur auf ihn gewartet. Nein im Gegenteil, er hat wie immer nicht wirklich Zeit. Eben verteilt er die heutigen Aufgaben in der Werkstatt. Filius kommt da gerade recht.

"Es hätte ja auch einfach einmal alles glatt gehen können!", wettert Aloisius. "Wie soll ich mit euch in der Nacht der Nächte vor den Herrn treten, ihr seht aus, als,… als hätte euch der Sturm hier her geblasen. Da kann man nichts machen, ihr werdet euch beeilen müssen. Eure Aufgabe ist es dieses Jahr in „DEM STALL" nach dem Rechten zu sehen und alles sauber und ordentlich zu halten. Doch wenn ich Euch so ansehe, dann solltet ihr das zunächst bei euch so tun. Also, an die Arbeit!"

Mit diesen Worten ist er zur Türe hinaus. Zurück bleibt eine Schar Engel, die sich ganz verdutzt von oben bis unten anschaut. Zuerst sich selber und dann den rechts und links neben sich. Ja, Aloisius hat wohl recht, so konnten sie nicht wirklich vor den Herren treten.

Immanuel versucht sich als erster: "Nun denn, dann lasst uns gleich beginnen. Jeder versucht sein Äußeres entsprechend aufzubessern. An die Arbeit."

Filius ist wie versteinert, wie könnte Egidius hier als Held hervor gehen? Sein Blick schwebt von einen Engel zum nächsten…

Und dann saust er los! Zuerst zu seiner Wolke, dort zieht er Egidius aus den schönsten Träumen. Und ist auch schon an einem völlig verdutzten Petrus vorbei hinunter geflogen zu Hans Hasens Bau. Immer den kleinen Engel im Schlepptau. Filius verschwendet keine Zeit:

"Wir brauchen neue Engelsflügel, ungefähr 50-100 Stück, oder was weiß ich, und du kannst uns dabei helfen!" "Ja gerne, aber wie kann ich…", versucht sich Hans.

"Das Federbett, mit den Federn aus dem Bett machen wir die neuen Flügel!", befiehlt Filius. "Los, lasst uns gleich anfangen!", Hans staunt nicht schlecht, wie leicht es den beiden Engeln von der Hand geht. Zum Glück hatte er sich noch nicht die Mühe gemacht, die Federn einzusammeln.

Mit der Zeit kann Hans Hase ein bestimmtes Muster erkennen und beginnt den beiden Helferlein immer kleine Federbüschelchen zurecht zu legen, so stapeln sich bald die fertigen Flügelchen. Und dann unterbricht er die Beiden und besteht darauf, dass erst einmal eine Tasse frischen Kräutertee getrunken werde.

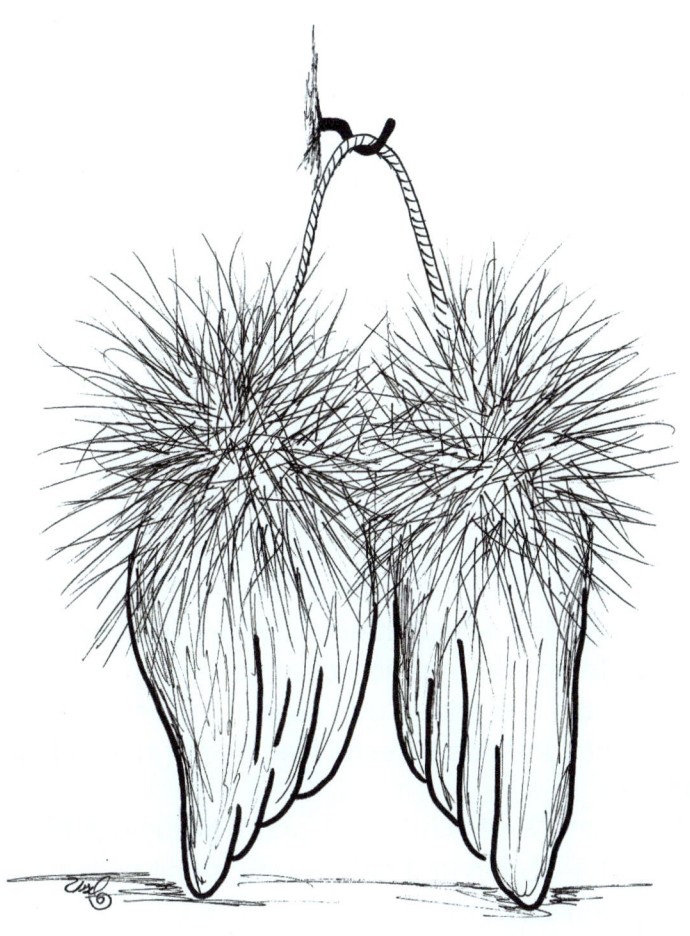

"Wie habt ihr eigentlich vor die Flügel zu euch in den Himmel zu bringen?", fragt Hans. Filius sitzt nur kurz ganz still, dann springt er auf und sprudelt im Wegfliegen was von: "Daran hab ich noch gar nicht gedacht! Ich bin gleich wieder da!"
Und da ist er auch schon in der Werkstatt und zieht eine von den großen Kisten mit Stoff unter der Werkbank hervor.
Der Inhalt wird einfach ausgekippt und weg war er wieder mit der Kiste. Natürlich war das nicht die feine "engelige" Art, aber

die anderen konnten gar nichts sagen, so schnell war Filius wieder verschwunden.

Unten bei Hans Hasens Bau angekommen treibt er Egidius und seinen Freund heftig an: "Was soll das, wir haben keine Zeit zu verlieren! Hans, du packst die fertigen Flügel in die Kiste und wir zwei arbeiten hier zügig weiter. Das macht man so, wenn man ein besonderer Engel sein möchte." Und gibt Egidius einen kleinen Klaps auf den Po. Dieser sieht ihn kurz etwas mürrisch an, aber weil Filius bestimmt recht hatte, sagt er lieber nichts. Filius war schließlich sein großes Vorbild, und er hatte ihn als einziger ernst genommen. Ihn will er schon gar nicht enttäuschen.

Noch am Abend ist die Kiste Rand voll und die drei kippen fast von ihren Hockerchen. Hans meint: "So, nun ist es aber genug. Jetzt seid ihr wirklich meine Gäste. Setzt euch an den Tisch ich werde uns ein Abendbrot zaubern."

Gesagt getan, die drei sitzen und essen. Anschließend kuscheln sie sich auf des Hasens Nachtlager und schlafen dort erschöpft ein.

In aller Herr Gott's Früh sind Filius und Egidius mit ihrer Kiste in den Himmel geflogen und haben sich damit richtig frech auf den großen Werkstatttisch gesetzt.

Ein Engel nach dem Anderen kommt herein und staunt nicht schlecht. Die zwei haben doch was im Schilde. Als Aloisius hereingeschnauft kommt wird es Engelstill. Sprachlos geht er dreimal um den Tisch, dann baut er sich vor Filius auf. "Was hast wieder ausgeheckt?", brummt er ihn an. "Ich hatte doch gesagt ihr sollt euch zurecht machen. Doch ihr Beiden seht aus, als hättet ihr die Nacht sogar durchgemacht. Habt ihr denn nicht richtig zugehört! Muss man euch…" – "Nein, uns muss man gar nichts. Aber sieh lieber selber!" und damit schiebt er Egidius ganz an die Kiste und gibt ihm noch einen kleinen Klaps, vielleicht würde er dann merken, dass er an der Reihe ist.

"Wir haben,...äh, ich habe, ..., habe hier eine ganze Kiste voller neuer Flügel für uns!", bringt er nur heraus und öffnet dabei den Deckel. Er hofft, dass er so nichts mehr zu sagen bräuchte, denn wenn alle so zu ihm herstarren, ist das schon ein komisches Gefühl, aber irgendwie auch gut.

Filius nimmt ihn in den Arm und hilft etwas: "Ja, der kleine, große Egidius hat es geschafft, dass wir an unserem großen Tag im Stall dem Christkind allein mit unserer Anwesenheit eine Freude machen können. Seht mal, wenn wir jetzt noch unsere Kleidchen in Ordnung bringen, dann wird er sich bestimmt freuen." Dabei greift er ein Flügelpaar und will es an Egidius halten, aber den haben sich die anderen Engel schon geschnappt. Sie wirbeln ihn durch die Luft, dass Filius selbst beim Zusehen schlecht wird. Aloisius aber meint ernst: "Gut, gut, aber ihr habt noch genug zu tun. Ich würde es begrüßen, wenn ihr für unseren kleinen Helden das Gewand mit richten würdet, ich denke er hat genug gearbeitet. Geh dich erst mal richtig ausschlafen, nicht dass du uns noch von der Wolke kippst!", und ist auch schon wieder aus der Werkstatt.

Und so war der kleine Egidius der Held des Tages, doch in der Heiligen Nacht hatte jeder Engel seinen Platz im Stall fein säuberlich eingenommen, da gab es nur einen Helden, und für dessen Wohl waren sie zuständig. Doch das schönste war, dass es durch die neuen Flügel so angenehm hell wurde, wie es keiner erwartet hatte.

Ja, Filius und seine Freunde haben es geschafft, dass der dunkle, kalte und ärmliche Stall so hell und gemütlich war, dass sich die heilige Familie darin sicher und geborgen fühlte. Euch wünsche ich, ein ebenso großes Fest, und dass ihr auch einmal einem solch kleinen Engel begegnet.

Sonderurlaub bei Hans Hase (5)

Filius ist bei Aloisius vorgetreten und hat um so etwas wie
Urlaub für die nächste Zeit gebeten. Er will ein paar Wochen
zu seinem Freund Hans Hase ziehen um endlich richtig an der
kunstvollen Arbeit des Eier Bemalens mit zu helfen. Es hatte
ihm im letzten Jahr einfach so gefallen und auch richtig gut
getan, es war keine Arbeit gewesen, es war nur schön!
Aloisius möchte das nicht selbst entscheiden und hat es mit
den anderen besprochen. Sie sind alle einverstanden, doch
nur unter einer Bedingung! Filius muss sein „Engelehrenwort"
geben, dass er hinterher auf das genaueste Bericht erstattet
und jedem Engel eines dieser wunderschönen Eier mitbringe.
Im Himmel, zumindest in dieser Ecke, kennt man sich mit den
Bräuchen um den Osterhasen einfach nicht wirklich aus, und
diese Lücke sollte geschlossen werden.
Schließlich hatten sie vor zwei Ostern so ein riesen Gefährt
mitgebaut, und darin waren anscheinend diese Eier
transportiert worden, das war alles etwas seltsam.
Doch was die Neugierde der Engel am meisten entflammt hat,
dass Filius nach seinem letzten Ostererlebnis bei diesem
Hasen, ein Kleidchen trägt, das über und über voll war mit
bunten Farbklecksen. Gelb, grün, rot, blau,… Er fällt richtig
auf, zwischen den weißen und cremefarbenen Engeln.
Egidius erklärt sich zu dem bereit, während der Abwesenheit
seines Freundes auf dessen Wolke nach dem Rechten zu
sehen. Ehrensache – denn Filius war ja sein größtes Vorbild.
Ja, und er kann dies besser tun, wenn er solange dort
einziehen würde – herrlich!
So wird es nun ernst. Filius bedankt sich bei allen und geht zur
Himmelspforte, wo er sich auch von Petrus verabschiedet.
„Ach, da ist ja unser fleißiger Helfer!", klopft Petrus dem
kleinen Engel auf die Schulter. „Bist du wieder auf
Abenteuersuche?"

„Ich habe frei bekommen!", flötet Filius. „Nun gehe ich zu Hans um ihm bei der Osterhasenarbeit zu helfen, das hatte mir im letzten Jahr solchen Spaß gemacht, ich muss einfach…!"
Aloisius entgegnet: "Da wird sich dieser aber freuen, denn dieses Jahr ist die Zeit recht knapp und es ist bitterkalt und sehr verschneit dort unten. Hab Acht, dass du dieses Jahr nicht wieder gleich bei der Landung für Chaos sorgst!"
Filius ist so aufgeregt, dass er dem stattlichen Petrus einfach zum Abschied um den Hals fällt. Setzt ihm einen dicken Schmatz auf den weißgrauen krausen Bart und ist auch schon weg.
Er kann diesmal gar nicht so flitzen, denn er hat die große leere Stoffkiste aus der Werkstatt im Schlepptau. Jene, in welcher er das letzte Jahr die Flügel transportierte. In ihr möchte er die Eier für die Engel verwahren – wenn es überhaupt von Hans gestattet werden würde – mal sehen!
Filius setzt nicht direkt vor Hansens Bau zur Landung auf, das macht er auf dem Hügel bei der großen Eiche. Er beabsichtigt bei Rahel und Benjamin vorbei schauen, aber von ihnen ist keine Spur zu sehen.
„Ist auch nicht schlimm", denkt Filius. „Dann werd ich sie mit Hans besuchen gehen."

Der Engel setzt zum letzten Flugstück an, als es ihm die Beinchen wegreißt und er Bäuchlings den Berg hinunter rutscht. Wenn das weiße Zeug nur nicht so kalt wäre, dann hätte es richtig lustig sein können.
Auf halber Strecke kommt er zum Stillstand und wäre fast von der Stoffkiste überrutscht worden. Da kommt ihm eine Idee – er setzt an und springt in die Kiste und saust so bis vor den Hasenbau.
Mit einem Satz ist er im Bau verschwunden und hat seinen Freund auch schon so fest er kann, gedrückt. Dieser weiß gar nicht wie ihm geschieht und starrt das wirbelige etwas nur entgeistert an.

„Was ist denn in dich gefahren?", stammelt er.

„Frag nicht so, los komm mit!", befiehlt der Engel und gibt dem Hasen einen kleine Schubs, dass dieser Kopfüber in die mitgebrachte Kiste purzelt. Und schon ist er mit Beiden hinaus und hinauf auf den Hügel geflogen und drückt sich mit in die Kiste.

„Auf die Plätze fertig…", schreit er aus Engelskräften und mit wildem Geschrei sind sie gemeinsam auf der Piste.

Als sie unten angekommen sind, meint Hans ganz außer Puste: „Hast Du aber auch Ideen, du bist ein richtig kleiner Wirbelwind! Ich freu mich so, dass du gekommen bist!", er drückt seinen Freund und zieht ihn mit in seinen Bau.

„Komm rein in die gute Stube, dann können wir bei einen Becher Kräutertee die kommenden Tage besprechen, du bleibst doch ein Weilchen?", bangt Hans.

„Nun das hab ich allerdings vor. Doch ich musste den anderen versprechen, dass jeder sein eigenes persönliches Osterei bekommt.", entgegnet Filius. „ Die hätten mich sonst nicht fort gelassen."

„Das ist kein Problem!", räuspert sich der Hase. „Wenn wir gleich anfangen schaffen wir das locker! Benjamin hat versprochen die Eierlieferung zu übernehmen, dann muss ich nicht erst jeden Morgen zu Agathe gehen und die Eier selbst herschleppen. Und Benjamin kann mindesten die doppelte Menge tragen."

„Also dann!", meint Filius und rutscht schon auf seinen Platz an der Eckbank.

Beide fangen an und ein Ei wird schöner als das andere. Der kleine Lehrling Filius darf sogar zuerst seine Stoffkiste befüllen, dass es den Helferlein im Himmel auch wirklich reichen wird.

Am Nachmittag ist die Kiste voll und er schiebt sie direkt neben den Ofen. So gab es wieder Platz für neue Kunstwerke.

Nach einer kleinen Stärkung geht es weiter.

Als Filius am nächsten Morgen gerade aufgestanden ist, klopft es. Herein kommt Benjamin, den Bollerwagen bis oben hin voll mit frischen Eiern. Filius bleibt das Mündchen offen stehen – was war der kleine Benjamin groß geworden und so stattlich, er hätte ihn fast nicht wieder erkannt.

„Bist du es wirklich, Benjamin?", stammelt er. „Natürlich!" erwidert dieser. „Was hast Du denn gedacht!"

„So, dann setzt euch beide mal, jetzt machen wir noch eine kleine Pause, wir sind gut in der Zeit, da ist auch mal ein kleiner Plausch drin!", mit diesen Worten schiebt Hans die Beiden auf die freien Plätze am Tisch.

So vergehen die Tage und die Muster auf den Eiern werden bunter und ausgefallener. Filius sitzt schon an den ersten Exemplaren des Tages, als ihn ein seltsames Geräusch aufschrecken lässt. „Was ist das?", fragt er.
„Was meinst Du?", erkundigt sich Hans zurück.
„Na da, es knackt so komisch!", versucht Filius zu erklären.

Hans horcht hin, „ Das wird das Feuer im Ofen sein, ich hab grad etwas Holz nachgelegt."

Filius scheint beruhigt und arbeitet eifrig weiter. Doch es bilden sich auf seiner Stirn immer wieder diese Falten und er horcht zum Ofen. „Wenn da mal alles in Ordnung ist", denkt er. Schaut zu Hans, doch der ist in die Malerei ganz und gar versunken.

Eben, als Filius einen richtig bösen Blick auf den Ofen wirft, als könne er mit ihm schimpfen, da ist ihm, als habe sich der Deckel von seiner Stoffkiste bewegt.

„Potz Blitz und Donnerknall, das gibt es doch gar nicht!", empört er sich. „Schau mal Hans, ich glaub mein Heiligenschein wackelt, schau mal da, meine Kiste!"

„Ach du dickes Osterei, das ist nicht der Ofen,… oder eigentlich schon!", sprudelt es aus dem Hasen. „Jetzt haben wir die Bescherung."

„Wie meinst du das?", entgegnet der Engel ganz verblüfft. „Es ist doch nicht Weihnachten, wieso redest du von Bescherung?" Der Hase geht zur Stoffkiste und öffnet ganz vorsichtig den Deckel.

Heraus kommen 1, 2, 3, 4…viele frisch geschlüpfte Kücken und versammeln sich zu einem einzigen Knäuel um den warmen Ofen. Außerdem hat mit dem Öffnen des Deckels ein Gepiepse eingesetzt, dass man sein eigenes Wort kaum mehr versteht.

Filius wird „Engelkleidchenweiß" im Gesicht und lässt sich auf seinen Sitzplatz plumpsen. Er war fürs erste fertig mit den Nerven, die ganze Arbeit war um sonst gewesen. So liebevoll hatte er die Eier bemalt, nun waren alle futsch.

Hans, der es seinem Freund von den Augen ablesen konnte, tröstet ihn: „Das ist alles nicht so schlimm wie es aussieht! Die wohlige Wärme des Ofens hat die Eier ausgebrütet, jetzt hat jeder im Himmel bei Euch sein eigenes Küken!"

„Das kann ich nicht machen. Das wird Aloisius nie und nimmer zu lassen", entgegnet Filius heftig mit den Händen abwehrend. „So was ist im Himmel nicht gestattet. Was glaubst du, es hat dort jeder die himmlische Ruhe einzuhalten. Außer frohlocken ist da nicht viel drin. Nein, nein, das kannst du gleich vergessen."

Filius sitzt mit hochroten Backen auf der Bank und schaut mit weit aufgerissenen Augen auf die immer größer werdende Schar.

So langsam wird es auch dem Hasen flau im Magen, denn es scheint nicht aufhören zu wollen. Immer wieder und wieder hüpft ein Kücken heraus, der Boden um den Ofen sieht bald so aus wie damals als das Federbett geplatzt war.

„Ich glaub mir bleibt nur eines übrig…", bedeutet Hans noch, als er auch schon zur Türe hinaus ist. Er springt schnell den Hügel zur Eiche hinauf und mit einem großen Satz sitzt er auch schon auf Benjamins Rücken:" Du musst ganz schnell zu Agathe laufen und sie holen, wir haben ein Problem mit ihren Eiern, nein besser gesagt mit dem Inhalt ihrer Eier." Er gibt dem Schaf noch einen Klaps und ist auch schon wieder bei Filius im Hasenbau. Dieser hat sich derweilen fürsorglichst um die Kleinen gekümmert.

Deswegen ist er mittlerweile auch ganz und gar von ihnen eingenommen. „Hast du Hilfe geholt?", fragt er. „Ja, sie müsste gleich hier sein.", entgegnet Hans.

Und so ist es auch. Später tritt Benjamin und Agathe in den Bau. Während Benjamin das Maul regelrecht offen steht, begibt sich Agathe gleich mit mütterlichem Gegacker in die Schar. Und schon hat sie alles unter Kontrolle.

„Habt ihr denn die Eier nicht abgekocht?", fragt sie trocken. Hans stammelt: „Eigentlich ja, aber in der Aufregung haben wir es bei diesen ganz vergessen. Was machen wir denn jetzt?"

„Ich denke sie sind jetzt noch etwas klein", meint sie besorgt. „Aber in ein paar Tagen könnte ich sie zu mir in den Hühnerstall umsiedeln, wenn ihr mir dabei helfen würdet."

Hans kratzt sich das Hasenfell: „Wenn du meinst. Wir werden halt etwas zusammenrücken müssen."

Und so kommt es. Als die Küken groß genug sind, werden sie in die Stoffkiste gesetzt und die, die nicht mehr hineinpassten dürfen sich direkt in den Bollerwagen setzen, ist das eine Aufregung! Am späten Vormittag ist es geschafft und Filius, Benjamin und Hans Hase setzen sich zu einem guten Becher Kräutertee an den Tisch.

„Lasst uns heute Mittag den Wagen füllen", organisiert Hans. „Ich denke wir haben genug fertige Ostereier, da kannst du dir die Kiste für deine Helferlein auch gleich noch befüllen."

Gesagt getan! Zu dritt geht es auf Tour, denn Benjamin muss sogar helfen den Wagen ziehen, so voll ist er.

Es kommt die Zeit und Filius packt seine Sachen und macht sich auf den Flug:

„Sag der guten Agathe und den Kleine einen herzlichen Gruß von mir und passt alle auf euch auf!" mit diesen Worten drückt Filius seine Freunde.

„Sag du auch liebe Grüße und meld dich mal, der Sommer kann so lang sein!" entgegnet Hans. Benjamin sagt gar nichts, er hat mit den Tränen zu kämpfen.

Im Himmel angekommen stellt der Engel die Stoffkiste auf den Tisch und verkündet stolz: „Ich hab mein Versprechen gehalten, bedient euch!"

Jedes Helferlein greift voller Stolz in die Kiste, endlich haben auch sie einmal ein Ostergeschenk, aber was ist das! Sollen das etwa die hoch gelobten Ostereier sein:

„Die sind ja alle kaputt! Ich dachte… so ein Osterei ist etwas Besonderes."

Ein großes Gemurmel setzt ein, bis Filius mit lauter Stimme verkündet: „April, April! Jetzt hab ich euch auf Menschen Art einen Streich gespielt! Natürlich sind das keine echten Ostereier, das sind die, aus denen die Kücken geschlüpft sind. Aber davon erzähle ich beim Essen. Hier bekommt jeder sein richtiges Osterei, mit einem herzlichen Gruß von meinen Freunden Hans, Benjamin und Agathe. Frohe Ostern!"

Er zieht eine zweite Kiste unter dem Tisch hervor und darin liegen nun ganz besonders schön gemusterte Ostereier.

Die letzten drei Eier verteilt er persönlich. Eines bekommt Egidius, der seine Arbeit glänzend gemacht hat.

Eines bekommt Petrus, denn dieser liegt Filius irgendwie besonders am Herzen.

Und das letzte bringt er bei Aloisius vorbei. Er drückt ihn und muss sich ein Tränchen wegwischen. Denn in diesem Moment wird ihm klar, was er alles Großes erlebt hat.

An dieser Stelle möchte ich mich wieder einmal aus der Geschichte ausklinken. Ich wünsche Euch ein frohes Osterfest und dass sich vielleicht beim ein oder anderen von Euch auch eine auf ihre Art ganz besondere Ostergeschichte ereignet.

Für mich ist das schon fast mit dem Abschicken der Geschichte passiert.

Mittlerweile könnte ich Geschichten schreiben über die Erzählungen von Euch. Ist das nicht der Sinn einer Osterüberraschung?!

In diesem Sinne…

Schutzengel (6)

Mai, Juni, Juli, August, September, Oktober, November, - Dezember!

Wie schnell ist doch die Zeit vergangen! Hat sich nicht eben noch der Kleine Engel bei seinem Freund verabschiedet, ja schon irgendwie, doch es ist viel passiert.
War es Juni oder Juli? Ich weiß es nicht mehr genau.
Auf jeden Fall benahm sich Egidius seit Tagen irgendwie seltsam. Gleich morgens nach dem ersten Halleluja war er verschwunden.
Nach der Rückkehr von Filius Osterurlaub hatten die beiden sich an die Arbeit gemacht und für Egidius eine „Wohnwolke" gleich neben der seines Freundes herzurichten.

Eigentlich wollte Egidius direkt bei Filius einziehen, doch dieser hielt es für sinnvoller, wenn jedem noch etwas Rückzugsmöglichkeit bleiben würde. So wie es jetzt war, fühlten sich beide wohl.
Ja, doch der kleine Engel war im Himmel nicht mehr auszumachen, und das den ganzen Tag. Hatte er etwas ausgefressen?

Und dann passierte es, dass sie sich eines Tages zufällig bei Petrus des Morgens über den Weg flogen.
„So, so! Heute geht ihr wohl zu zweit auf Streifflug! Hab mich schon gewundert, dass ein so kleiner Engel den Himmel stets allein verlässt!", brummt Petrus.
„Nein! Eigentlich nicht, ich bin eigentlich alleine losgeschickt, um für einen neuen Schützling den passenden Engel ausfindig zu machen. Aber… heißt das,-", wundert sich Filius laut aufbrausend, „dass du jeden Tag den Himmel verlassen hast – alleine?! Weiß Aloisius davon?"

Der Kopf des kleinen Egidius wird nicht nur rot, nein er scheint gleichzeitig auch kreidebleich zu sein. Er fängt an nervös an seinem Kleidchen zu zupfen und stammelt:" Ihr dürft mich nicht so anbrüllen, das macht mir Angst. Ich, ich…!", aber da versagt das Stimmchen auch schon und es kullern dicke Tränen über sein Gesichtchen.

Filius nimmt seinen Freund sanft in die Arme. "Du hast ja Recht, entschuldige! Aber ich mach mir Sorgen. Aloisius hat mich damit beauftragt, dich unter meine Fittiche zu nehmen. Jetzt ärgere ich mich über mich selber, denn anscheinend habe ich da einen Fehler gemacht!", versucht er zu trösten.

Egidius wischt sich mit dem Ärmel seines Kleidchens übers Gesicht und schluchzt:

"Ich hab…, ich wollte…, nein, ich kann es euch nicht verraten. Es ist ein Geheimnis und ihr dürft mich auch bei Aloisius nicht verraten!", er schaut Filius flehend an. „Du kennst mich doch, ich kann doch selber sehr gut auf mich aufpassen! Ich bin nicht mehr so klein, bitte, bitte nicht böse sein! Ich muss einfach… und ich muss los…" Und schwups ist er am großen Petrus vorbei durchs Tor geflitzt und auf und davon.

Die anderen Beiden stehen da, als wären sie aus Stein. Bis Petrus den Kopf schüttelt:" Ich dachte immer, einen lausigeren Engel als dich gibt es nicht, aber der hier mein lieber Engelschor, der stellt dich ganz schön in den Schatten!"

„Was soll ich jetzt machen?", wirft Filius verzweifelt auf. „Er ist doch mein Freund. Ich kann ihn doch nicht verpfeifen?!"

Mit diesen Worten schlüpft auch er zum Himmelstor hinaus und macht sich auf den Flug zur Erde. Dort würde er versuchen sich bei seiner Engelsaufgabe von Aloisius zu beeilen, dann würde er Zeit haben um nach Egidius zu suchen.

Der Zielort seiner Aufgabe führt ihn in die Nähe von seinem Freund Hans Hase. Zu gerne hätte er kurz bei ihm vorbei geschaut. Doch das kann er es für Heute vergessen!

Nun lässt er sich auf das weiche Moosbett im Wald fallen und schaut sich suchend um. Hier irgendwo muss er den kleinen Schützling finden. Dort unterhalb des großen alten Baumes scheint eine kleine Höhle zu sein. Er schwebt hin, ganz leise und lugt hinein. Es lässt sich ein sanftes Wiegenliedchen vernehmen. Er wird hier wohl richtig sein.

Zentimeter um Zentimeter rutscht er auf den Knien nach vorne um etwas sehen zu können. Doch mit einemmal ist es, als würden ihm die Füße unter dem Boden weggezogen. Saßen da nicht Hans Hase und Egidius und schauten zu, wie das kleine Bündel von seiner Mutter in den Schlaf gewiegt wurde. Holter-die-Polter - schon liegt er vor ihnen.
Es ist mucks-mäuschen still, keiner wagt zu atmen, bis der kleine Spatz lauthals anfängt zu schreien.

Filius versucht die Situation zu überschauen, sein Blick wandert zwischen den Anwesenden hin und her, bis er zu Hans sagt: „ Kannst du mir sagen was das hier alles bedeutet, warum ist Egidius-, warum bist du hier?!"
Hans räuspert sich, dann geht er zu der Hasendame und erklärt:" Darf ich vorstellen Paulina, und ich – muss ihr doch helfen!", platzt es aus ihm heraus. „Ja und dein kleiner Freund hier hat uns sehr geholfen. Eigentlich hat der kleine Kerl hier sein ganzes Glück ihm zu verdanken! Ich dachte du wüsstest davon?!"
Alle schauen auf Egidius, der wieder kleine Knötchen in sein Kleidchen dreht. Zu gerne hätte er mit dem kleinen Häschen getauscht, so unwohl fühlt er sich. Er hat doch nur…
Dann wird es zuviel für ihn und er flüchtet an Filius vorbei nach draußen. Dort wirft er sich heulend ins Moosbett.

Filius überlegt kurz und geht ihm dann nach. Er richtet ihn auf und setzt sich neben ihn. Seine Hand haltend flüstert er: „Ist das hier der Grund für dein tägliches Verschwinden? Du hättest mir doch davon erzählen können! Warum versteckst du dich?"

Als die Tränen etwas versiegen versucht Egidius zu antworten: „Ich hab doch nur… Du hattest immer… Dieser Hans ist dein Freund! Ich wollte dein Freund sein! Wenn er jemand hätte, dann würdest du…" Dann brechen die Tränen erneut aus ihm heraus.

Filius bekommt Mund und Augen nicht mehr zu. Er kratzt sich die Locken und drückt seinen kleinen Freund ganz sanft:„Wenn ich das gewusst hätte,…! Wenn ich das geahnt hätte,…!"

So sitzen sie eine ganze Weile. Der zitternde Körper des kleinen Engel schmiegt sich immer mehr an Filius. Dann ist er eingeschlafen. Filius legt ihn zärtlich ins Moos reibt sich das Gesichtchen und trottet in den Hasenbau. Dort hat er sich von Hans und Paulina die ganze Geschichte aus ihrer Sicht erzählen lassen. Wie Egidius in ihr Leben trat. Wie er alles daran setzte, dass es dem kleinen Häschen gut gehen würde.

Paulina war alleine und es ging ihr nicht besonders gut. Hans sollte ihnen einfach helfen. Er sah die Not und er konnte einfach nicht anders.

Filius überlegt. Dann meint er: "Ich werde ihn zuerst mal mit nach Oben nehmen. Schafft ihr das alleine hier?" Die zwei schauen sich an und nicken.

Er geht hinaus und trägt Egidius zurück auf seine Wolke.

„Ach Egidius, was mach ich nur mit dir?!", schüttelt der Engel ratlos den Kopf. „Du wirst mich bei Aloisius verflöten (Engelsprache-übersetzt: verpfeifen) und dann,…, dann werd ich von ihm fortgeschickt!", schluchzt dieser.

„Dann hab ich niemand mehr! Und das hab ich alles nicht gewollt!", heult er weiter vor sich hin. „Nein, nein, mein guter Freund, ich brauch dich doch hier! Und ich brauch dich überhaupt, du bist mein Freund und damit Basta!", Filius hat das kleine Engelchen an den Schultern gepackt und leicht geschüttelt. „Bist es nicht du gewesen, auf den ich mich wirklich hab verlassen können, als ich bei Hans Hase gewesen war. Du hast mir den Rücken frei gehalten. Ja und auch Aloisius war es nur recht, dass wir uns so gut verstehen, wir müssen doch zusammenhalten!",

Egidius traut sich kaum zu atmen.

50

"Und du…?!", jappst Egidius. „Was – ach ich glaub… Egidius, du bist und bleibst mein Freund, ich mag dich und darauf kannst du dich ganz bestimmt immer verlassen. Schreib es dir hinter die Flügel!", sagt der große Engel ernst und doch drückt er seinen Freund ganz sanft.

Weiter denkt er 'Es ist schon komisch, was er sich so alles zusammenreimt! Wenn wir uns im Miteinander schon so schwer tun, wie mag dann erst…!'

Im gemeinsamen verlassen der Wolke meint er noch: „ Du kannst dir Freundschaft und Liebe auch nicht zurechtrücken wollen. Ich hab euch alle lieb und ich brauch euch alle, dich, Hans, Benjamin… alle, sogar den guten alten Aloisius und wenn er noch so schlechte Laune hat. Wir brauchen uns so wie wir sind. In meinem Herzen ist für Euch alle Platz und auch Hans Hase hat viele Freunde. Grad mit allen zusammen ist er glücklich. Und wenn er sich noch so viel um andere kümmert, er wird mich und auch dich nie vergessen. Und wenn dann, machst du dich mit solchen Geschichten am Ende nur unbeliebt. Und das möchtest du doch nicht, oder?"

Egidius schüttelt so heftig den Kopf, dass sein kleiner Heiligenschein kaum nach kommen kann und fast herunter zu fallen scheint. Da hat er ganz schönen Mist gebaut!

Und so gehen sie gemeinsam zu Aloisius, um ihn von allem zu unterrichten, denn irgendwann würde er ja doch von allem Wind bekommen.

Filius will Aloisius darum bitten, dass er Egidius die Schutzengel-Aufgabe für den kleinen Jasper übergibt. Er würde seine Sache gut und richtig machen, davon war er überzeugt. Und er wäre auch der Beste Jung-Schutzengel.

Mittlerweile ist es Dezember und alles scheint zu laufen. Heute hat Aloisius die beiden Engel Filius und Egidius zu sich gerufen.

„Ihr werdet zur Erde fliegen und mit euren Freunden feiern",
verkündet er: „Es ist der Tag vor Nikolaus und ich möchte
euch diese Freude machen. Ich bin zwar ein alter Engel, aber
ich habe von euren Geschichten gelernt, dass so manche
Dinge, die die Erdlinge tun, auch uns gut tun. Dieses Osterei,
das du mir geben hast, es hat mich viel gelehrt! Vielleicht ist es
an der Zeit, dass Himmel und Erde sich wieder näher
kommen. Mir scheint, es gibt da unten solche, die doch stark
an uns zweifeln. Diese Aufgabe Schutzengel zu sein, die
müssen wir sehr ernst nehmen. Sie brauchen uns, doch
müssen wir sie da abholen, wo sie stehen!"
Filius will gerade etwas sagen, da schiebt Aloisius die zwei
von seiner Wolke und meint: "Lass gut sein und sag deinem
Freund Hans Hase einen schönen Gruß! Wenn es darauf
ankommt, scheinen Himmel und Erde gar nicht so weit
voneinander entfernt zu sein! Es wird höchste Zeit, dass wir
uns alle an die Arbeit machen! Weihnachten steht vor der
Türe!"

Vielleicht hat der kleine Filius es „wieder" geschafft sich in
Euer Herz zu schleichen. Ich wünsche Euch ein genauso
schönes Nikolausfest, wie denen in meiner Geschichte.

Die große Osterüberraschung (7)

„Ha-Ha-Hatschi", platzt es im Schlaf aus Hans Hase heraus.
„Wie, was, wo – bin ich?!", stottert er. Der Hase reibt sich
ausgiebig das ganze Mümmelgesicht und schüttelt sich.
Langsam, ganz langsam kommt er nun richtig zu sich. Er setzt
sich auf die Bettkante und lässt die Beine baumeln.
>Ach schön< denkt er >wieder einer langer Winter ist
Vergangenheit!<
Die Sonne lacht zu ihm in seinen Hasenbau und hat ihn eben
in der Nase gekitzelt, bis er niesen musste.
„Jetzt hab ich aber einen ordentlichen Hunger, doch vorerst
wird es nicht mehr, als ein paar trockene Körner und etwas
Heu werden", Murmelt er vor sich hin. „Dabei könnte ich jetzt
mindestens 5 große Möhren, 2 zarte Kohlrabi, 3 Kopfsalat und
sagen wir einmal, einen halben Apfel verdrücken."
Er kramt in seiner Speisekammer und mümmelt auf einem
kleinen Büschel Heu herum. Nun macht sich Hans Hase ans
Türe öffnen, was im Moment nicht ganz so einfach ist, denn er
hat während seiner Winterruhe zwei, drei Mal das Schlupfloch
besser abdichten müssen. Dort hat der kalte Ostwind so
herein gepfiffen, dass er nicht weiter schlafen konnte. Mit
„Hau-ruck" muss er Tisch, Stühle und eine Unmenge an
Kissen wegschaffen. Endlich er atmet frische Frühlingsluft!
Mit drei großen Sätzen ist er im Gebüsch verschwunden, aber
ich glaube, da lassen wir ihn jetzt besser kurz alleine, denn ich
glaube, er hat ein dringendes Bedürfnis…
Komm, schauen wir uns lieber etwas auf der Wiese um! Wenn
Du die Augen ein wenig zusammenkneifst, dann sieht das
alles hier irgendwie… wie die Kiste mit den Ostereiern aus, die
Filius im letzten Jahr seinen Freunden im Himmel
mitgenommen hat. Die Farben scheinen regelrecht ineinander
zu verlaufen. Einfach nur schön!

„Schlafmütze, Schlafmütze?! Wo steckst du?", hüpft ein schnelles Bündel in den Bau von Hans Hase, und im gleichen Augenblick auch schon wieder zur Türe heraus.

Mit einem großen Satz steht Hans vor dem Wildfang. „Sag mal, was ist denn mit dir los!?", bremst er ihn aus. „Na, seit zwei Wochen komm ich jeden Tag zu dir", erklärt Jasper. „Aber dein Bau war immer noch rappel-dicht! Dabei ist der Winter schon lange vorbei und ich will endlich auch ein richtiger Osterhase werden, das hast du mir versprochen!"

Erst jetzt entdeckt Hans den großen Korb Eier neben der Türe von seinem Bau und er fängt an zu lachen. „Nun gut, mein Freund", er klopft Jasper auf die Schulter. „Doch wir sollten nichts überstürzen. Meine Höhle braucht zunächst eine Umgestaltung, denn ich hab bis eben geschlafen. Der Arbeitplatz muss erst hergerichtet werden. Und dann hätt ich da noch…!", mit beiden Vorderpfoten fährt er über seinen Bauch welcher laut hörbare 'knurr' Geräusche von sich gibt.

„Tut mir leid, daran hab ich nicht gedacht", entschuldigt sich der Kleine. „Ich saus schnell los und hol dir bei Paulina was zu Futtern!", und damit ist er auch schon auf und davon.

Hans hoppelt indessen zum Bächlein hinterm Gebüsch und erfrischt sich.

Jetzt ist es Spätnachmittag und Hans hat den Tag damit verbracht, den ersten Hunger zu stillen und seinen Bau auf Fordermann zu bringen. Er hat sich mit all seinen Freunden verabredet, um sich über alle Neuigkeiten zu informieren, und auch natürlich, um sich mit Paulina über die Ostereier-bemal-aktion mit ihrem Sprössling zu bereden. Jetzt wartet er im Licht der letzten Frühjahrsonnestrahlen.

Doch die Ruhe währt nicht lange und da kommen sie auch schon aus allen Richtungen. Rahel und Benjamin tauchen von der Wiese her mit einen großen Bündel Heu auf, Paulina hoppelt mit Jasper um die Wette, so dass beide gerade noch vor Hans zum Stehen kommen und zu guter letzt taucht Henne Agathe mit einem großen Korb im Schnabel auf.

Ist das ein gegacker, gemümmel und geblöcke , bis sich alle gegenseitig begrüßt und gedrückt haben. Und so verschwinden sie alle in Hans Hasens Bau.

Moment mal, hat da nicht jemand gefehlt. Das waren doch nicht alle Freunde. Natürlich, Filius, aber wie sollten sie ihn einladen, schließlich weiß keiner der Freunde, wo der Himmel ist. Schade! Aber so ist das nun mal mit dem Leben zwischen Himmel und Erde, keiner weiß da so genau Bescheid.

Agathe stellt zunächst den Korb in die Mitte des Tisches und nimmt das bunt gemusterte Tuch herunter. Zum Vorschein kommt ein etwas zu groß geratenes Ei.

„Hans, bei dir hier passieren doch seit ein paar Jahren die sonderlichsten Dinge!", fordert sie. „Sag mal, hat sich das jetzt auf die ganze Gegend hier ausgeweitet? Sieh mal was ich heute Morgen im Nest von einer meiner fleißigsten Hühner gefunden habe. Das ist doch kein normales Ei. Das ist viel zu groß. Hast du da wieder die Finger im Spiel?", Hans beugt sich über den Korb und mustert das Ei. „Ich weiß auch nicht, aber ich hab auf gar keinen Fall etwas damit zu tun", wehrt er sich. „Denn schließlich hab ich bis heute geschlafen. Und wenn du auf Filius anspielst, der war dieses Jahr noch gar nicht hier. Hat sonst einer von euch was damit zu tun? Jasper vielleicht du, dir könnte ich das am ehesten zutrauen, du mit deinen Spitzbüberischen Fähigkeiten?!"

Dem kleinen Jasper steht das Fell zu Berge und er sucht die Nähe seiner Mutter. „Nein, das war ich nicht!", wehrt er sich. Paulina grault ihn hinter den Löffeln. „Kann eine Henne denn so ein riesen Ei überhaupt legen?", fragt sie Agathe. Diese schüttelt eifrig den Kopf: „In meinem Stall hat es so etwas noch nie gegeben!"

Mit ganz zittriger Stimme meldet sich Jasper noch mal zu Wort: „Dann könnte ich das Ei doch haben, zum, zum… bemalen, wenn es eh nicht in dein Hühnerhaus passt!"

„Und ich", wirft Benjamin ein, „ich sitz dann drauf, oder wie sagt man da noch mal!"

„Du möchtest es ausbrüten!", verbessert ihn Rahel.

„Ich weiß nicht…!", schüttelt Hans unschlüssig den Kopf. „An sich finde ich das eine gute Idee!", versucht Rahel alle zu beruhigen.

„Ich hab nur die Befürchtung, dass du mein Schatz, die Backen in diesem Fall etwas zu voll nimmst. Glaubst du, du kannst so lange still halten. Du darfst das Ei ja nicht zerdrücken." „Das werd ich euch allen beweisen!", triumphiert Benjamin. „Und ich werde es in den schönsten Farben bunt machen!", fällt Jasper mit ein. Sie springen beide auf und tanzen durch die ganze Höhle.

Als alle wieder zur Ruhe kommen, klopft Hans mit der Pfote auf den Tisch: „So soll es sein!"

Rahel, Paulina und Agathe machen sich auf den Weg nach Hause. Benjamin fängt an, ein übergroßes Nest gleich neben dem Kachelofen zu betten. Und die beiden Hasen holen Farben, Pinsel, Läppchen und alles was ein richtiger Osterhase zum Eierfärben benötigt. Noch an diesem Abend weiht Hans den kleinen Hasen in die großen Künste des Osterhasendaseins ein.

Ich werde mich aber hüten etwas davon zu verraten, soll doch dieses Geheimnis gewahrt bleiben. Schließlich sollte vielleicht doch auch mal jemand im Himmel nachschauen, denn es ist schon verdächtig still und dass sich gar keiner von denen hier blicken lässt.

In der großen Werkstatt ist es Englsleer, aber, es ist alles blitzsauber. Solange ich hier herein schaue, war es noch nie so aufgeräumt. Ich glaube bald ich hab mich verflogen. Ach nein, das kann auch nicht sein, denn da kommt auch schon der gute alte Aloisius hereingeschwebt und legt sein großes Buch auf den Werktisch.

„Sehr schön!", brummt er. „Ich denke ich kann mich doch noch auf meine fleißigen Helferlein verlassen. Jetzt sollte ich vielleicht auch…!" mit diesen Worten ist er auch schon wieder auf und davon.

Bei Filius sieht es dagegen doch ganz anders aus. Seine Wolke sieht aus, als sei sie von einer Windhose ergriffen worden. Alles ist durcheinander und er steht mit leicht verrutschtem Heiligenschein und vollkommen zerzausten Haaren mittendrin und gibt sich die größte Mühe.

Bei Egidius hingegen scheint alles für einen so kleinen Engel sehr ordentlich. Zwar ist das Bettchen etwas ungleich aufgeschüttelt und der Eiskristall, der eigentlich als Spiegel

verwendet wird, ist übersät mit Zeichnungen vom Egidius. Doch im Großen und Ganzen wirkt alles aufgeräumt. Er sitzt an seinem kleinen Tisch und zeichnet. Und wenn ich genau hinschaue, dann ist das wahrscheinlich Petrus an der Himmelspforte. Sehr gut, ich muss schon sagen. Wenn Egidius so weitermacht, dann… was ist das?! Er springt auf und saust zu Filius Wolke…das nenn ich ja mal!
Bei dem größeren Engel ist nichts mehr von der Unordnung zu sehen, tipp, topp ist alles aufgeräumt und dieser ist gerade beim Start. „Wo willst du hin?", fragt Egidius. „Ich frage Aloisius, ob ich nun, nachdem ich mit aufräumen und putzen fertig bin, zu meinen Freunden auf die Erde fliegen könnte", entgegnet ihm Filius. „Dort müsste es inzwischen herrlich blühen und duften. Ich habe Hans so lange nicht gesehen." „Sag ihm liebe Grüße!", ruft der Freund ihm hinterher.

Aloisius kommt mit zur Wolkenkontrolle und ist entsetzt: "Was glaubst du eigentlich! Hatte ich nicht gesagt, dass alle Wolken bis aufs kleinste gereinigt und sortiert werden. Ich bin zwar ein alter Engel, und meine Augen sind nicht die Besten, aber das hier zwickt der Harfe die Seiten ab. Was sollte das heißen, dass du fertig bist. Du hast ja noch nicht einmal angefangen!" Sein Kopf ist rubinrot angelaufen. Der von Filius hingegen hat gar keine Farbe mehr. Er schleicht sich an Aloisius vorbei und kann dann erst das ganze Ausmaß erblicken. Es ist nichts mehr an seinem Platz. Ja, im Grunde sieht es aus wie vorher, bevor er aufgeräumt hat. Was war hier passiert? Er sucht das Namensschild der Wolke und wird noch weißer, es ist wirklich seine Wolke. Am liebsten würde er losheulen, aber was bleibt ihm anderes übrig und so fängt er wieder von vorne an.
Aloisius stampft bevor er weiterfliegt noch einmal wütend auf und gibt ihm an, dass er sich gefälligst beeilen solle, denn es würde im Himmel noch mehr Arbeit auf ihn warten.

Und so ähnlich geht das nun seit Tagen. Alles was nur schief laufen kann passiert bei Filius. Die Harfe beim Frohlocken verliert eine Saite nach der anderen; die Flöte ist bis oben hin mit Federn verstopft; sein Kleidchen hat jeden Tag aufs Neue ein, zwei kleine Löcher die schleunigst von ihm geflickt werden müssen, ehe es Immanuel merkt und ihn zurecht weist; so kommt er fast zu jedem Gebet zu spät.

Eines Morgens ist es zuviel, er zieht beim Aufwachen das Federbett fest über die Locken und lässt den Tränen freien Lauf. Erst als das Kopfkissen schon triefend nass ist und er ein leises Flüstern vernimmt kriecht er hervor. An seinem Bettchen sitzt Rufus und tröstet ihn: „Filius, was ist mit dir, bist du krank?" Unter Tränen antwortet dieser so gut es geht: „Ich, ich,… mache alles falsch!"

„Das kann nicht sein", kümmert sich Rufus. „Du bist doch ein ganz ein Fleißiger. Und das auch noch nicht nur im Himmel, sondern auch bei denen da auf der Erde."

„Das ist es ja gerade", schluchzt Filius. „Ich würd so gerne zur Erde fliegen und nachschauen, wie es meinen Freunden geht, aber so wie es gerade läuft, brauch ich nicht mal dran zu denken. Der alte Aloisius wird mich nie gehen lassen. Einen Versager wie mich kann der nicht auch noch belohnen."

„Wie meinst du das einen Versager?", geht Rufus auf ihn ein. „Weil du heute das Morgenlob verschlafen hast?"

„Ich hab nicht verschlafen, ich hab geheult, das siehst du doch!", empört er sich. „Ich brauch doch gar nicht mehr aufstehen, ich mach sowieso alles falsch!" mit diesen Worten verkriecht sich Filius wieder unter seiner Decke.

Rufus fliegt rasch zu Immanuel um sich mit ihm zu beraten. Er will gerade eintreten, als er die Stimme von Aloisius hört.

„…noch zwei Tage, dann hat er es geschafft!" „Wer hat was geschafft?", platzt es aus Rufus heraus, ohne dass er daran denkt, wem er gegenübersteht.

Aloisius sieht ihn sehr ernst und sehr lange an. Dann sagt er: „Nun gut, ich werde dich einweihen. Filius hat sich eine

Belohnung, eine Überraschung verdient. Auf der Erde ist etwas sehr Schönes passiert. Und ich möchte den kleinen Engel in zwei Tagen dort hinschicken. Doch bis dahin muss er unter allen Umständen hier bleiben!"

Er zwinkerte Rufus zu und war auch schon an ihm vorbei davon geschwebt.

„Ich glaub den drückt der Heiligenschein!", wettert dieser. „Der hat wohl nicht gesehen, wie schlecht es Filius geht. Und im Übrigen ist das vielleicht eine Engelsart. Der Kleine ist voll von der Rolle. Er liegt Tränen überströmt in seinem Bett und…!"

„Lass gut sein!", beruhigt ihn Immanuel. „Aber du hast Recht, ich habe auch den Eindruck, Egidius hat etwas übertrieben!"

„Wie, was! Was hat Egidius damit zu tun?", will Rufus wissen.

„Na, er sollte uns helfen!", erklärte Immanuel. „Dass Filius beschäftigt ist und nicht zu früh zur Erde fliegt, denn sonst… wäre es keine Überraschung." „Überraschung, Überraschung!", schüttelte Rufus den Kopf. „Was um Himmelswillen – oder den von Aloisius – soll da noch eine Überraschung sein, der Arme ist total fertig." „Also pass auf…", flüsterte Immanuel. Weil der Engel super leise flüstert ist es mir nicht gelungen. Es zu verstehen und so kann ich es euch auch nicht verraten.

Doch, glaube ich, ich könnte es herausbekommen, wenn ich auf der Erde nachschaue.

Gut verborgen im Gebüsch neben Hans Hasens Bau entdecke ich den Leiterwagen bis obenhin gefüllt mit wunderschönen Ostereiern. Im Bau selber scheint es ganz still zu sein. Doch fast hätte ich mich täuschen lassen. Alle sind da, Rahel, Paulina, Jasper, Hans, Benjamin und die gute Agathe, die gerade das wunderschöne, sonderbare, bunte große Ei untersucht. „Liebe Freunde", verkündet sie und schiebt gleichzeitig das Ei wieder vorsichtig unter Benjamins Wollkleid. „Wenn ich es nicht selber miterleben würde, dann… aber ich glaube, du schaffst es tatsächlich dieses Ei auszubrüten. So wie ich es kenne dürfte der große Tag nicht mehr lange auf

sich warten lassen!" „Und was wird es werden, und wann?",
fragt Hans ungeduldig. „Ich muss doch irgendwie Filius
erreichen, der sollte doch auch…!" Mit einem Mal wird er ganz
traurig, „Ich glaube, er hat mich dieses Jahr vergessen", schon
kullert die erste Träne zu Boden. „Rahel schiebt ihn mit ihrem
Kopf vorsichtig aber bestimmt mit auf das Lager neben
Benjamin und Paulina und sie rücken auch ganz dicht heran.
„Sei nicht traurig, ich glaube nicht, dass er dich vergessen hat,
wir haben nur alle keine Ahnung, was im Himmel alles möglich
ist. Lass uns alle hier zusammen warten was passiert. Es ist
so schön und so schön spannend." Paulina fügt noch hinzu:
„Und bisher hat er dich noch jedes Jahr gefunden, weißt du
nicht mehr?!"
Und so bleiben sie sitzen und warteten und jeder der Reihe
nach erzählt seine Geschichte mit Filius.
Und dann ist der Morgen gekommen. Die Sonne kann gerade
mit den ersten Strahlen in den Bau leuchten, als draußen
etwas gegen die Türe knallt. Hans ist sofort auf den Pfoten
und saust zur Tür reißt sie auf und schon liegen die zwei sich
johlend in den Armen: „Ich hab dich so vermisst!" - „Ich dich
auch!"

„Pst, pst!", meldet sich Benjamin zu Wort. „Ich glaube da tut
sich was. Ich spür da was an meinem Bauch…!" Und schon
sitzt Filius neben ihm. „Was ist mit deinem Bauch?", fragt er
aufgeregt. „Ich drücke ein Ei aus!", entgegnet dieser ganz
aufgeregt. Filius sieht ihn mit aufgerissenem Mund ganz groß
an. „Was machst du?" „Er brütet ein Ei aus, hat er gemeint",
klärt ihn Agathe auf. „Aber Hühner brüten Eier aus, das wäre
doch deine Aufgabe!", stammelt er. „Ja, das ist schon richtig,
aber ist es bestimmt kein Hühnerei und er wollte es freiwillig
tun. Außerdem sind wir alle gespannt, was da rauskommt. Das
kann einfach kein Hühnerei gewesen sein, sieh selber." Sie
greift vorsichtig unter Benjamins Bauch und…und da hat sie
auch schon ein Stück Schale hervorgeholt. Paulina geht ihr zur

Hand und drückt die Wolle etwas zur Seite. Zum Vorschein kommt ein kleines noch ganz verklebtes Etwas, das sich dreht und wendet. „Ja, was bist denn du für ein süßes kleines Bündel?", haucht Hans. „Lass dich doch mal anschauen." „Ein kleines Entchen!", bestimmt Agathe, die sich dann doch wieder auszukennen scheint.

Filius hat ganz rote Bäckchen vor Aufregung bekommen. Ohne es zu merken sind alle Freunde ganz dicht zusammengekuschelt. „Ha, hap-tschi, hap-tschi!", niest das kleine und wird dabei so heftig durchgeschüttelt, dass es den Halt auf seinen kleinen Beinchen verliert und umkippt. >Wie bei mir< denkt Hans Hase. Filius nimmt es sanft auf den Arm, dreht es hin und her. Benjamin zupft ihn behutsam am Ärmel: „Sag doch du, wie soll es heißen!"

Da wird bald der ganze Engel rot, er setzt den kleinen Schatz zurück aufs Lager ganz dicht an Benjamins Bauch und räuspert sich. „Damit hab ich nicht gerechnet, weil eigentlich, ja eigentlich ist die letzten Tage und Wochen so viel passiert, das ich…!", er schluckt laut hörbar. „Ich würd ihm gerne meinen Anfangsbuchstaben mit auf den Weg geben, und wenn ich denke, wie Federleicht er eben auf meiner Hand saß, soll er Flo heißen!" Alle nicken und sehen zu, wie sich das nun richtig kuschelige Bündel unter die dicke Wolle von Benjamin vergäbt.

„Schlaf nur ein wenig, das Leben hier bei uns hat noch viel vor mit dir!", mümmelt Paulina. „Doch du Filius, setz dich her und erzähle, was im Himmel bloß los ist, ich dachte immer, dort ist es so schön – das Paradies."

Und so erzählt Filius von all den sonderbaren Dingen, die passiert waren. Aloisius wusste von diesem Ei und er wusste auch, dass Benjamin es allen beweisen wollte.

Endlich wollte er Filius eine große Osterüberraschung bereiten. Wäre der kleine Engel zu früh zur Erde geflogen, dann wäre die ganze Mühe umsonst gewesen. Deswegen hatte er Immanuel damit beauftragt immer wieder neue

Tätigkeiten für ihn im Himmel zu finden und ihn so fest zu halten.

Allerdings hatte Egidius Wind von all dem bekommen und hatte auch helfen wollen und so kamen diese Zufälle zustande. Als Filius seine Wolke zum Beispiel aufgeräumt hatte, war es Egidius gewesen, der wie ein Wirbelwind alles wieder auf den Kopf stellte. Auch die Federn in der Flöte, die Seiten der Harfe…!

Das meiste trug seine Handschrift. Auch die Löcher im Engelsgewand.

Er hat es ja auch nicht böse gemeint, er ist eben noch ein kleiner Engel und die haben nun mal jede Menge Unsinn im Kopf.

Nun aber scheint hier in des Hasens Bau der Himmel auf Erden zu sein, alle sind glücklich und froh über den schönen Ausgang der diesjährigen Ostergeschichte.

Euch liebe kleine und große Ostergeschichtenschmöckerer wünsche ich ein besonders glückliches Osterfest.

Es duftet herrlich (8)

Gerade hat sich der Sommer mit den letzten schönen warmen Tagen verabschiedet, als Aloisius hinunter zur Erde fliegt. Es ist Spätnachmittag und die Beleuchtung der langsam untergehenden Sonne auf den bunten Blättern ist herrlich. Alles scheint so unwirklich, wie gemalt. Aloisius liebt diese Jahreszeit und damit hat er auch Glück. Wäre es der erste Schnee, der ihn zur Erde gezogen hätte, dann wäre es nicht wirklich möglich gewesen einen Ausflug hier her zu machen – zu viel Arbeit.

Jetzt im Herbst kann er es aber gut einrichten. Auch sind es oft nur wenige Tage, in denen es scheint, als wäre alles ein großes Gemälde.

Ja, und wenn dann erst die stürmischen Herbstwinde mit Nebel und Regen kämen, dann hätte er Angst sich zu erkälten. In seinem Alter musste man da einfach etwas vorsichtig sein. Schließlich gab es niemanden außer ihn, der die wichtigsten Geschäfte am Laufen halten konnte. – Müsste vielleicht auch einmal überdacht werden.

Eben landet er unter einem großen alten Lindenbaum in dessen Schatten eine Bank gemütlich zum Verweilen einlädt. Er setzte sich und genießt das Schauspiel. Ein Vogelschwarm versammelt sich über ihm in der Baumkrone und es wird unglaublich laut. Eine der letzten Starenfamilien, die sich hier kurz vor der langen Reise verabreden und die Flugroute plant. Aloisius lehnt sich ganz zurück und lauscht dem Geplapper. Doch mit einem Mal eilen alle auf und davon. Aloisius erhebt sich in den Baumwipfel und hält Ausschau, wohin sie reisen. Wie er ihnen so nachblickt, fängt er wieder von Neuem die Schönheit der Natur ein. Ganz langsam dreht er sich einmal um sich selber. Zur genau gegenüberliegenden Seite ist eine Stadt mit mehreren Türmen zu sehen. Der alte Engel kann nicht anders, er muss mitten hinein in dieses Farbspiel, er muss dazugehören. Und so kommt es, dass er mitten auf einer belebten Straße, auf einem belebten Platz landet. Hier ist gerade Krämermarkt und es werden die verschiedensten Dinge zum Kauf angeboten. Im Rausch des Ganzen, der Farben, der Klänge und der Gerüche, wird er wie magisch von einem Stand angezogen. Da liegen allerlei Gewürze, Tee's, Kräuter… und es duftet herrlich. Zum Glück kann man Engel nicht wirklich sehen, denn Aloisius setzt sich mitten hinein und schnuppert an fast jeder Tüte. Hier hätte er bleiben können.

„Guten Abend!", sagt Frau Nägele. „Kann ich ihnen weiterhelfen?"

Aloisius ist vor Schreck mit einem Satz hinter einer großen Bonbontüte am Rand des Standes verschwunden. >Konnte sie ihn doch sehen?<

„Das wäre sehr nett, ich suche ein paar Gewürze für die Adventszeit", entgegnet die junge Dame auf der anderen Seite der Auslage.

„Jedes Jahr nehme ich mir vor", fährt sie fort. „Ein paar der typischen Weihnachtsdüfte in kleine Säckchen zu verpacken und meinen Freunden an die Türe zu hängen, und jedes Jahr ist so schnell Weihnachten und dann hab ich so viel zu tun. Es klappt nie!"

Frau Nägele zückt eine kleine Faltkarte: „Da hab ich etwas für sie! Bei uns ist diese Woche erst die Weihnachtsware eingetroffen und ich hatte noch nicht die Zeit hier das ganze Sortiment unterzubringen. Im Moment werden ehr herbstliche Tee's und Gewürze gekauft. Aber sie haben recht, bis wir uns umtun ist es Dezember." Sie reicht der Dame die Karte und erklärt dazu: „Wenn sie nun zuhause in Ruhe in der großen Vielfalt schmökern, so können sie ihre persönliche Auswahl zusammenschreiben. Entweder sie bringen mir die Karte morgen wieder, oder sie senden sie mir mit der Post, dann stelle ich es für sie zusammen."

„Wie lange müsste ich dann warten, bis ich die Ware hätte?", erkundigt sie sich. „Entweder nach einem Tag hier am Stand, oder eben solange wie die gute Post dazu braucht!", nennt Frau Nägele. „Sehen sie, hier hab ich schon einen ganzen Stapel von anderen Kunden. Es ist einfach manchmal ganz gut, man kann zuhause nachschauen, was einem sonst noch fehlt, oder man wusste gar nicht, was es alles gibt." „Das ist wahr!", entgegnet die Kundin. „Ich denke, ich komme morgen noch einmal auf sie zu."

„Schönen Abend noch!" ruft ihr Frau Nägele noch nach.

Das wäre ja eine prima Sache, denkt sich Aloisius. Er schnappt sich eine Faltkarte und fliegt zurück auf seine Wolke. Dort er zieht sich in seinen Lehnstuhl zurück und schnauft tief durch. „Mal sehen, was es da alles für Herrlichkeiten zu entdecken gibt.", murmelte er vor sich hin. Und wie er die Karte öffnet fällt ein weißer Zettel heraus. >Großmutters Lebkuchenmännchen<

„Was ist das denn?", schüttelt Aloisius erstaunt den Kopf und liest weiter. „Das hört sich wunderbar weihnachtlich an: Zimt, Nelken, Muskat, Piment, Koriander, Kardamom, Ingwer, Macisblüte und Rosen…Rosenwasser!", er schloss die Augen und träumte.

Wenig später schwebt er zu Filius. „Mein treuer Freund, du musst mir helfen!" beginnt er. „Ich hatte mich heute zur Erde begeben um meinem Engelherzen etwas Gutes zu tun und die Farbenpracht der Natur, der Schöpfung zu genießen, dabei habe ich mich, so dachte ich, im ersten Moment, etwas verlaufen!"

„Wie meinst du das?", unterbricht ihn der Engel. „Ach, ich kann es dir gar nicht beschreiben, es duftete sooooo herrlich!", flötete Aloisius und gibt ihm einfach den weißen Zettel von Frau Nägele.

Dieser liest ihn laut: „Früher wurden Lebkuchenmännchen aus Stoff hergestellt, also ausgeschnitten, gefüllt und zusammengenäht. Eines Tages entdeckte ein kleines

Mädchen, dessen Name sich leider keiner gemerkt hatte, dass sie so nicht gut schmecken. Da kam es auf die Idee, die Lebkuchenmänner aus Teig herzustellen und zu backen. Weil die so gut schmeckten, kam das bei den Leuten an und alle machten es dem Mädchen nach. Rezept….“

„Du brauchst gar nicht weiter zu lesen.“, unterbricht ihn Aloisius. „Mir ist schon ganz weihnachtlich. Aber du musst mir helfen. Ich möchte diese Lebkuchenmänner backen, ach was, ich möchte sie verspeisen können!“

Filius überlegt, er kratzt sich die Locken und läuft im Zimmer auf und ab. „Wann soll das sein?“

„Gestern natürlich!“, schaut ihn der alte Engel ganz verschmitzt an. „Nein, natürlich nicht, aber sagen wir einmal 1.Dezember, denn vorher darf man so was wunderbares sicher nicht verzehren. Wird das möglich sein?“

„Ich möchte es dir gerne möglich machen“, erklärte Filius. „Die größte Schwierigkeit werden die Zutaten sein. Was sind das für seltsame Gewürze. Zimt und Nelken, das hab ich schon einmal gehört, aber die anderen…!?“

Aloisius legt ihm die Faltkarte auf den Tisch und sagt: „Wenn du mir hier ankreuzt, was und wie viel du von welcher Zutat benötigst, dann besorge ich es. Aber ich brauch die Liste noch heute.“ Mit diesen Worten schwebt er davon. Der kleine Engel liest den Zettel und die Liste rauf und runter. Was sollte er nur machen?! Wer konnte ihm nur helfen? Wer, -natürlich seine Freunde auf der Erde. Wenn der Zettel von der Erde war, dann müssten die dort auch wissen, was man damit anfängt. Und schwups war er auch schon auf und davon.

Eine Stunde später; -nach Erdenzeit ungefähr- ist er wieder bei Aloisius. „Hier haben wir dir angestrichen, was und wie viel wir benötigen. Ich habe mir erlaubt für uns alle einen Lebkuchenmann zu rechnen“, unterbrach er Aloisius bei seinem Halleluja. Frohlocken ist fast die ausschließliche Tätigkeit von diesem.

„Du bist einfach ein tüchtiges Kerlchen. So kann ich noch
schnell meine Bestellung aufgeben", und schon ist er an Filius
vorbei gerauscht. Dieser kratzte sich die Locken: „Dass er sich
gar nicht empörte – über die Menge."
Am Abend liegt ein kleiner hellblauer Zettel auf Filius' Bett.
>Bitte behalte die Sache mit den Lebkuchenmännern für dich.
Zu keinem ein Engelswörtchen. Ich verlasse mich auf dich!
Aloisius<
Das war für den kleinen Engel doch von vorn herein klar
gewesen. Der gute Aloisius hatte fast ausschließlich solche
Aufträge für ihn. In weißer Voraussicht begibt er sich schon
jetzt zum großen Halleluja Engelschor. Es würde in der
nächsten Zeit nicht viel Möglichkeiten dazu übrig bleiben.
Schon früh am nächsten Morgen macht er sich auf zu Hans
Hase, er hat ihm versprochen zu helfen, nun ebenso gut das
ein Osterhase kann, der ausschließlich zum Ostereier
bemalen angelernt wurde, aber nicht zum Backen.
Ja und dort im Hasenbau ist nun große Versammlung. Hans
hat alle mobil gemacht. Agathe mit den Eiern, Benjamin und
Rahel waren für Mehl und Nüsse verantwortlich, ja und Theo
der kleine Waschbär brachte den nötigten Honig.
Hoffentlich geht ihr Plan auf. Sie haben Zutaten wie Zucker,
Natron, Puderzucker und Zitronen auf der Faltkarte
dazugeschrieben. Nun sind sie einfach gespannt. Wenn
Aloisius schon so seltsame Dinge wie Kardamom auftreiben
kann, dann doch auch ein paar Dinge mehr.
Frau Nägele bereitet ihre Ware für den nächsten Tag vor,
plötzlich hält sie inne. Was war das für eine Bestellung!? Die
riesengroße Menge, dann noch Zucker und Puderzucker, aber
auch Zitronen… Und wo sollte das alles hin? „Bitte stellen sie
alles in einer großen Kiste rechts neben Ihren Marktstand und
rechnen sie ab. Engel Aloisius" liest Frau Nägele laut.
In dem Kuvert liegt zu alledem noch eine kleine weiße Feder.
Seltsam, was es alles für Sachen gibt.

Sollte sie die Bestellung ernst nehmen? Musste sie ja wohl, die Ware wurde ja im Voraus bezahlt. So packt sie alle gewünschten Gewürze und das Natron in eine Kiste. Die anderen Dinge würde sie am nächsten Morgen gleich noch auf dem Weg zum Markt im Großmarkt mitnehmen. Am meisten ist sie gespannt, wer die Lieferung abholen wird. Sie stellt alles so hin, dass sie es immer gut im Auge behalten kann. Und klebt das Restgeld in einem Umschlag oben drauf.

Was glaubt ihr, Aloisius wäre kein guter Engel, wenn er es nicht schaffen würde, die ganzen Herrlichkeiten ungesehen fort zu schaffen. Allerdings hatte er einen weiteren Engel einweihen müssen – Egidius! Schließlich muss ja alles zu Hans Hasens Bau geschafft werden.

„Potz Blitz!", empört sich Frau Nägele. „Jetzt hab ich einen klitzekleinen Moment nicht aufgepasst und schwups ist alles weg. Ob das mit diesem Engel Aloisius doch irgendwie gestimmt hat – ich weiß nicht. Seltsam genug ist die ganze Geschichte", denkt sie laut und wendete sich wieder den „normalen" Geschäften zu.
Im Hasenbau ist es derweilen sehr geschäftig geworden. Jeder der eifrigen Helfer scheint mit einer weißen Mehlschicht überzogen und es duftet wirklich sehr, sehr weihnachtlich. In der einen Ecke wird Teig geknetet, ausgerollt und weitergereicht. In der anderen Ecke wird verziert und geschmückt.

In der Kammer neben der Küche, dort wo sonst die Ostereier bis zur Auslieferung in Regalen bis zur Decke warteten, dort liegen jetzt Lebkuchenmann an Lebkuchenmann, was für eine Pracht. Aber was glaubst du, das war nicht nur an diesem Tag so, nein das ging viele Tage, vielleicht Wochen lang. Es wird fleißigst gewerkelt und geschuftet.

Wenn es dunkel wird, kann Benjamin aufhören den Ofen weiter zu schüren. Jeder beendet sein letztes Männlein. Dann kommt Agathe mit dem Abendbrot und verwöhnt alle.

Richtig gemütlich, wie sie so dasitzen und sich die weihnachtlichsten Geschichten und Wünsche erzählen. Theo berichtet von seinem Lebkuchenmanntraum. Dabei wurde der Lebkuchenmann immer größer und größer. Und kurz bevor der kleine Waschbär aufwachte, platzte er. – Oder Hans Hase, dem war beim auswellen des Teiges das gute Stück abhandengekommen. Er hatte gerade einen Lebkuchenmann ausgestochen, als er feststellte, er war etwas zu dick geraten. Was sollte es, er würde ihn mit der Teigrolle einfach etwas größer rollen. Genau in diesem Moment, kam Filius herein und fing an, alle fertigen Exemplare zu zählen. „In der Kammer steht hinter der Türe noch eine ganze Kiste mit fertigen Männern", fügte Hans hinzu und drehte sich mit der Teigrolle in der Hand in Richtung Kammer. Filius verschwand darin und zählte laut weiter: „495 und – in der Kiste sind noch mal 150 – das wären dann…!", aber er konnte nicht zu Ende rechnen. Hans Hase, der für diesen Tag fast am Ende seiner Kräfte, seiner Geduld war, brüllte ungehalten:" Wo ist er hin, das gibt es doch gar nicht! Können diese doofen Dinger jetzt schon laufen?!", ungehalten sauste er um den Tisch und natürlich wäre er fast drauf getreten, denn der Ausreißer lag am Boden. Schließlich hatte er sich mit samt Teigrolle und Lebkuchenmann gedreht und im ungünstigsten Moment war dieser dann doch noch abgefallen.

Alle derzeit anwesenden brüllten vor Lachen.

In den nächsten Tagen werden alle Männer fein säuberlich in Tütchen verpackt. Es wird der gute alte Bollerwagen, die Stoffkisten aus der Engelwerkstatt und alle Eierkörbe aus Agathes Stall bis zum Rand gefüllt mit Lebkuchenmännern.

Am letzten Novembertag ist Aloisius zu Hans Hasens Bau gekommen und bedankt sich persönlich bei jedem und verspricht für jeden ein ganz besonders gutes Wort im Himmel einzulegen. Jeder Helfer darf sich noch seinen eigenen Lebkuchenmann aussuchen und dann möchte Aloisius schon los. Da zupft ihn der kleine Engel Egidius: „Ähm, du, sie, Aloisius, ich glaube da wäre noch jemand…!"

„Wie meinst du das, hab ich einen von euch vergessen?", fragt er verwundert in die Runde." „Nein! So nicht", erklärte Egidius.

„Die Frau vom Markt, ich glaube, ohne sie hätten wir das gar nicht geschafft!", piepst er. Aloisius lächelt ihn an: „Was für ein tüchtiges Kerlchen du bist. Du und Filius, ihr werdet Frau

Nägele diesen ganzen Korb vor die Türe stellen und legt einen Zettel dazu, dass sie sich nicht wundert."
Wenn das mal so einfach wäre.

Als richtige Engel haben sie bis zum 5.Dezember gewartet. Dann stellen sie den Korb vor die Türe und klingeln Sturm. Die gute Frau Nägele versteht die Welt nicht mehr. Mit beiden Händen hält sie sich den Mund zu und schüttelt immerzu den Kopf. Dann trägt sie den Korb in ihre Küche und liest langsam und laut den Zettel.

„Herzlichst Frau Nägele.
Wir möchten uns im Namen unseres alten Engels Aloisius bei dir bedanken. Für die große Hilfe bei unserem großen Auftrag. Auch bei dir soll es in diesem Jahr vorweihnachtlich werden, das wünschen wir dir. In diesem Sinne legen wir dir ein paar der leckersten Lebkuchenmänner vor die Tür. Mit schönen Grüßen vom Aloisius und vom Nikolaus.
        Mit Engelszungen Halleluja   F & E"

Wieder klebt am Rand des Briefes eine kleine weiße Feder. – Ja sollten es am Ende die zwei Nachbarsbuben sein, die ihr jede Woche einmal mindestens den Schuhabstreifer vor der Wohnungstür versteckten. Franz hieß der eine, aber der andere…. Das wusste sie nicht mehr. Vielleicht würde sie mal rüber gehen und fragen, aber „Engel" schon wieder war es dieser Engel Aloisius! Sie beschließt abzuwarten und zu beobachten.
Im Himmel beginnt zu diesem Zeitpunkt das große vorweihnachtliche Treiben. Aloisius hat verkünden lassen, dass er jeden Engel am Nikolausvorabend beim großen Frohlocken antreffen wolle, es würde eine ganz besondere Überraschung geben…
…Du kannst dir denken, wie die Geschichte dieses Jahr endet? Auf jeden Fall war der Nikolausabend, der im Himmel

gefeiert wurde, so bunt und farbenprächtig, wie jener Spätherbsttag an dem Aloisuis losgeflogen war. Und alles duftete so herrlich nach Lebkuchen, wie noch nie im Himmel....

Frau Nägele aber hatte beschlossen nichts und niemandem von all dem zu erzählen. Schließlich gibt es doch keine Engel, oder doch ?!

Geduldsprobe (9)

An einem wunderschönen Frühlingsmorgen sitzt Hans Hase vor seinem Hasenbau und wärmt sich an den Sonnenstrahlen. Heute will er die letzten Spuren der Lebkuchenbäckerei beseitigen, denn die Zeit für die Ostervorbereitungen wird immer knapper. Morgen wird Agathe die ersten Eier vorbeibringen, dann braucht er jede Menge Platz. Ob Filius wohl mal vorbeischaut?! Der Winter war lange und einsam genug, der Hase sehnt sich doch etwas nach Gesellschaft.

Und dann bricht er seine Träumereien ab, trinkt den letzten Schluck Kräutertee und verkrümelt sich in seinem Bau. Schließlich ist er ein gestandener Osterhase und da weiß man, worauf es ankommt.
Ich schaffe es allerdings nicht dem Hasen zu folgen, das Plätzchen hier an der Sonne ist einfach zu verführerisch um die Seele baumeln zu lassen. Es ist, als streicheln einen die Sonnenstrahlen sanft im Gesicht. Die Luft ist getränkt mit Düften der ersten Blüten. Um mich herum summt, surrt, flattert und zwitschert es schöner als bei jedem Konzert. Einfach nur…
Hopp,hopp,hopp…! Was war das?! Irgendetwas kleines, dunkles ist mir vor der Nase vorbeigesaust und dann hinter dem dicken Baumstamm rechts abgetaucht. Doch habe ich den Eindruck es ist nicht alleine, da hört man doch zwei Stimmen. Ich schleiche mich näher und entdecke im hohen Gestrüpp den kleinen Waschbär Theo und Egidius. Das darf doch nicht wahr sein. Da haben sich auch zwei gesucht und gefunden. Wenn die mal nicht wieder was am aushecken sind. „Brennt diesen Monat eine Brennnessel?", fragt der kleine Waschbär. „Natürlich, die brennt immer!", empört sich der Engel.
„Nein tut sie nicht, denn ein Monat kann gar nicht gebrannt werden, ätsch!", lacht Theo spitzbübisch.

„Ok, du hast gewonnen, aber schau mal…! Diese Brennnessel hängt voller Watte!", staunt Egidius. „Lass sehen, so was gibt es doch gar nicht!", drückt sich Theo dazu.

Die zwei sind ganz außer sich und untersuchen das ganze Brennnesselbeet, aber bis auf ein paar lustig tanzende Schmetterlinge können sie nichts weiteres erkennen. Egidius kniet sich ganz still dicht neben den Stängel und beobachtet ihn ausgiebig. Ungewöhnlich für den kleinen Engel, der eigentlich nicht stillsitzen kann.

„Du wart mal, ich glaub das ist keine Watte, da bewegt sich was!", murmelt er. Theo hockt sich dazu und meint: „Ach was, komm lass uns Fange spielen, das ist viel lustiger. Du musst!" Und war auch schon auf und davon.

Egidius bleibt eisern sitzen und beobachtet. Und mit einem Mal traut sich eine kleine schwarz, gelbe Raupe aus dem weichen etwas. Ganz schüchtern schaut sie sich um und kriecht dann langsam am Stängel hoch um die zartesten Blätter zu erreichen.

„Dass du dir mal nicht die Zunge verbrennst, meine Süße!", murmelt der Beobachter. „Im Raupenleben nicht, und im Übrigen sind es die köstlichsten Leckerbissen", wehrt sich die Raupe. „Du hast doch keine Ahnung!"

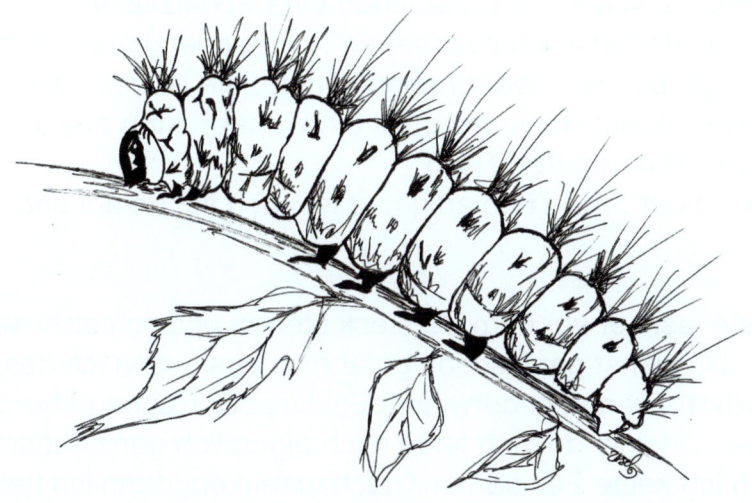

„He, was hast du, wieso führst du Selbstgespräche?", poltert
Theo dazu. „Igitt,, was ist das denn?!" „Psst, sei doch nicht so
schroff!", versucht Egidius seinen Freund zu bändigen. „Hallo,
ist da wer!?", ruft Hans Hase, der wieder vor seinem Bau steht.
Die Beiden schauen sich an und Egidius meint bestimmend:
„Aber es wird nichts verraten! Ist das klar?!" Theo nickt und
beide begrüßen Hans freundlich.
„Guten Morgen Meister!" „Ja guten Morgen, was treibt euch
hier her und dann noch in die Büsche?", entgegnet er.
„Wir haben Fange gespielt, ist das verboten?", meint Theo
frech. „Nein, wenn ihr mir nur nicht die ganzen hübschen
Blumen zertrampelt!", bittet Hans und verschwindet wieder in
seinem Bau.

„Das hast du gut gemacht! Los komm, lass uns nach unserem
kleinen Schatz sehen.", Egidius packt seinen Freund am Arm
und sie verschwinden wieder im Dickicht. Doch bevor ich recht
dazu kann kommt der kleine Waschbär schon wieder hervor
und saust zu Hans Hase in den Bau. „Duuu, Hans Hase!",
druckst er. „hättest du uns einen leeren großen Karton, den du
nicht mehr brauchst, wir möchten jetzt doch lieber
Schatzsuche spielen und brauchen eine Schatzkiste?!"
„Wart mal, da muss ich nachsehen", entgegnet dieser. „Wenn
ich die irgendwann wieder haben könnte, die ist noch von
Filius hier", meint Hans und stellt eine jener Kisten aus der
Engelwerkstatt auf den Tisch.
„Dankeschön!", ruft Theo artig und ist auch schon auf und
davon.

Die Kiste lässt er vor dem Versteck stehen und schleicht sich
näher. „Du siehst ganz schön gefährlich aus, wenn ich das so
sagen darf!", versucht derweilen Egidius der Raupe näher zu
kommen. „Meinst du? Ich finde mich eigentlich ganz hübsch,
nur hab ich keine Zeit darüber nachzudenken, denn ich hab

soooo Hunger!", knabbert sie gleich weiter. „Wenn es dich nicht stört, dann möchten wir dich gerne in diesen Karton einladen und dir die saftigsten Blätter dazulegen", schlägt Theo vor. „Dann können wir dich, während du in Ruhe weiter knabberst, genau beobachten."

„Gut, wenn das nicht weh tut!?", murmelt die kleine Raupe. „Hast du denn auch einen Namen?", fragt Egidius neugierig. „Nein, was ist das?", gibt sie schmatzend zur Antwort. „Zu dir passt eigentlich nur Ofelia! Den Namen bekommst du ab jetzt von uns. Jeder hat doch einen Namen. Sogar Engel!", dabei wird der geflügelte immer größer. „Meiner ist Egidius und das hier ist mein bester Freund Theo, wenn ich vorstellen darf!", weil Ofelia sowieso nicht antwortet, weil sie ja fressen muss, wird der Deckel verschlossen. Und schon schleppen unsere zwei Helden ihren Schatz zu Theos Unterschlupf bei der alten Eiche. Dort angekommen druckst Egidius herum: „Theo, du, ich sollte zuerst mal noch nach Hause, ich hab mich nur zum Spielen davon geschlichen. Sonst gibt es sicher wieder Ärger. Aloisius kann das gar nicht leiden. Meinst du, du könntest die erste Schicht übernehmen?" „Ja klar, guten Flug und nichts verraten, das ist unser Ge – Dings noch mal!", erklärt Theo. „Geheimnis! Dankeschön Kumpel! Tschüß!", uns schwups ist der Engel verschwunden.

Jeden Morgen wechselt nun der kleine Waschbär die Brennnesselblätter aus und stellt eine Schale mit Wasser dazu und Ofelia frisst und frisst. Sie hat kaum Zeit sich mit ihrem fleißigen Pfleger zu unterhalten. Und wenn, dann versteht man sowieso fast nichts, denn die Blätter wollen gut gekaut werden.

Noch etwas ist Schade, Egidius ist nicht mehr aufgetaucht. Vermutlich hat er dieses mal richtig Ärger bekommen, wegen seiner ständigen Ausreißerei.

„Ach herrje, was ist das!", schreit Theo. „Wo ist Ofelia? Nicht eines der leckeren Brennnesselblätter ist angeknabbert! Und sehen kann ich sie auch nicht! Ich hab die Schachtel doch ordentlich zu gemacht. Da muss jemand…!", Sorgfältig macht Theo die Schatzkiste wieder zu und schnäuzt sich die Nase. Was soll er nur Egidius sagen, wenn er kommt. Und tatsächlich, wie wenn man ihn gerufen hätte steht der Engel mit einem riesen Strauß Brennnesseln vor ihm: „Was ist mit dir? Welche Raupe ist dir über die Leber gelaufen?", fragt er. Und dieser antwortete traurig: „Ach, weißt du…!", Er schiebt einfach die Kiste hinüber.
„Was ist das?", entfährt es dem Engel. „Schau mal, Theo wie Ofelia jetzt aussieht?!"

„Machst du Witze, sie ist doch gar nicht mehr da!", brummt dieser.
„Natürlich ist sie da!", erklärte Egidius. „Sie hat sich nur verpuppt! Jetzt braucht es nur noch ein klein bisschen Geduld und dann kommt für dich die große Überraschung. Und kein Wort zu niemandem! Ich bin… bald wieder da!", mit diesen Worten lässt er seinen Freund allein zurück.
„Das find ich jetzt aber – er kann mich doch nicht einfach hier alleine lassen! Schöner Freund!", murmelt der ohnehin schon traurige Theo. „Was heißt ‚verpupst'! Der meint aber nicht dieses komisch stupfige Ding da. Wenn das Ofelia ist, dann kann sie mir das ja auch sagen und braucht mich nicht so zu erschrecken."
Bestimmt siebenmal täglich schaut Theo nun in die Kiste, doch es tut sich nichts. Er wird immer niedergeschlagener. Und dann hält er es nicht mehr aus und geht zu Hans Hase. Denn ein Osterhase, der weiß viel und der muss bestimmt auch fachmannisch mit Geheimnissen umgehen.
Etwas umständlich klettert Theo auf die Eckbank neben Hans und schaut diesem ganz aufmerksam und geduldig beim Ei bemalen zu. Als es fertig ist legt der Hase dann aber auch den

Pinsel zur Seite und blickt seinen Gast auffordernd an: „Was kann ich für Dich tun, mein Lieber?!"

„Ich hab da doch die Kiste von Dir – ausgeliehen? Und, ähm, da ist jetzt – sie ist verpupst! Und ich weiß nicht was ich jetzt tun soll", Stottert Theo.

„Was ist verpupst?!", sieht ihn der Hase fragend an. „Na die Raupe Ofelia, und Egidius hat gesagt, sie hat sich verpupst!"

„Da hat der kleine Lauseengel wohl eher verpuppt gemeint!", lacht Hans Hase. „Und wenn du jetzt einfach noch ein paar Tage Geduld hast, dann wirst du ein kleines – großes Wunder erleben!", mit diesen Worten schiebt er den kleinen Waschbär aus seinem Bau, denn die Zeit für einen Osterhasen wird knapp. Theo trottet zu seiner Eiche zurück und setzt sich neben seine Schatzkiste.

„Geduld, Geduld! Dann hab ich jetzt einfach Geduld!", murmelt er und fängt an sein Fell zu putzen.

Jeden Morgen nach der Waschbär-morgen-Toilette hebt er den Deckel der Schatzkiste ganz vorsichtig an und späht hinein. Es scheint eine Ewigkeit zu dauern, dieses Wunder. Wo Egidius nur bleibt, mit ihm würde es bestimmt schneller gehen. Theo beschließt sich abzulenken, dann wird die Zeit schneller vorbei gehen. In seinem Bau hat sich seit ein paar Tagen eine unüberschaubare Unordnung eingeschlichen, diese muss beendet werden. Und so macht er sich fleißig ans Werk, ausmisten, aussortieren, durchstrukturieren, und auch wieder auffüllen – na die Vorratskammer, denn eigentlich knurrt ihm ganz gehörig der Magen und er kann nur noch ein paar vertrocknete Regenwürmer und drei Eicheln finden. Davon wird auch der kleinste Waschbär nicht satt.

Gerade kämpft er sich mit einem großen Zweig vom Brombeerstrauch durch seinen Höhleneingang, da sieht er gerade noch aus den Augenwinkeln, dass sich etwas helles > zack < hinter der Schatzkiste versteckt. „Da hab ich dich!", ist er mit einem Satz am Geschehen. „Los raus mit der Sprache, was hast du vor!?"

Aber da ist nichts und niemand. Theo sucht alles ab. Nichts helles und nichts dunkles zu sehen. „He sei kein Feigling, ich weiß dass du hier bist. Ich hab zwar einen mords Kohldampf, aber das heißt gar nichts!", hüpft er beschwörerisch um die Kiste. Es tut sich einfach nichts.

Um ganz sicher zu gehen, dass er sich wirklich getäuscht hat hüpft er auf die Kiste, um von oben alles richtig gut sehen zu können, doch was ist das. Ein Erdbeben – oder was. Theo bekommt ganz weiche Knie, so wackelt alles. Er springt herunter und öffnet vorsichtig den Deckel... „Buh!", schreit der freche Egidius, der nämlich in der Kiste sitzt. „Da hab ich dich! Ich dachte du passt auf unseren Schatz auf, derweilen kümmerst du dich nur um deine Wampe!" „Das ist gemein von dir!", verteidigt sich Theo. „Du bist abgehauen und hast mir die Arbeit alleine überlassen. Und! Ohne Mampf kein Kampf! Aber von so was weiß ein Engel nichts, ihr lebt ja nur von einem Halleluja!"

„Jetzt sei nicht so schnell eingeschnappt, ich hab doch nur Spaß gemacht.", besänftigt ihn der Engel. „Ich bin – ich konnt nicht los da oben, Aloisius hat mich erwischt und so hatte ich einen Sonderdienst am anderen."

Mühsam kletterte er aus der Kiste und hockte sich neben Theo, der anfängt die Blätter und Äste in der Kiste zurechtzurücken. „Ups! Schau mal!", ruft er. „Das verpupste Ding wackelt und ich glaub es hat einen Sprung in der Schüssel, tschuldige, es platzt." „Wo?", schiebt sich Egidius neben den Waschbär. „Meinst du Ofelia kommt wieder raus?" „Das weiß ich nicht, aber Hans hat gesagt, dass ich warten muss, es wird ein Wunder passieren!", meint Theo. „Du hast dem Hasen was von unserem Schatz erzählt, das ist doch unser Geheimnis!", motzt der Engel. „Ach ja, selber sich verdrücken und dann auch noch motzen", wehrt sich der Waschbär. „Ich wusste nicht mehr weiter und mit verpupsten Raupen kenne ich mich nicht aus."

„Wenn euch einer so zuhört", steht Filius plötzlich bei ihnen. „Da könnt man sich wegschmeißen vor Lachen. Theo, die kleine Ofelia hat sich verpuppt, weil sie sich in diesem gesponnenen Kokon verwandelt." Den Beiden stehen die Mäuler offen, so hat der Engel sie erschreckt. Filius deckt die Kiste vorsichtig zu. „Wir lassen der kleinen Ofelia noch etwas Ruhe, es ist anstrengend sich aus dem Kokon zu befreien, aber es ist ihre Aufgabe. Daran wird sie wachsen", erklärt er den Beiden. „Und ihr könntet doch gemeinsam die Leckereien in Theos Bau schaffen. Ich geh rasch und hole Hans Hase er soll euer Wunder auch bestaunen können."

In der Abendsonne sitzen nun alle um die Schatzkiste und bestaunen das Wunder.
Ein ‚kleiner Fuchs' breitet mühsam aber glücklich seine zarten Flügel aus. Und es ist als leuchtet und funkelt es unter der alten Eiche…

Mit viel Liebe und Geduld konnte das Wunder wahr werden, ich wünsche den Freunden einen schönen Sommer und viele warme Sonnenstrahlen. Euch wünsche ich ein frohes und gesegnetes Osterfest.

Weihnachtssterne (10)

Draußen wird es immer winterlicher, um nicht zu sagen bitterkalt. Der Schnee, der in der Nacht gefallen ist hat sich wie Zuckerguss über alles gelegt. Richtig dick und schwer. Es sieht aus, wie bei diesen Lebkuchenhäusern, wenn dann die verschiedenen Süßigkeiten mit der klebrigen Masse an allem befestigt werden und fast herunter zulaufen scheinen. Doch denke ich nicht, dass dieser weiße Überzug im Wald von Hans Hase sehr lecker und süß schmeckt. Man würde sich eher eine kalte Zunge holen.

Als Hans heute Morgen aufgestanden war, klapperten ihm die Hasenzähnchen, so kalt war es über Nacht in seinem Bau geworden. Auch die Karotte, die er zum Frühstück verspeiste, erinnerte zunächst eher an einen Eiszapfen, als an etwas Essbares. Bei jedem Biss krachte und knackte es, dass mir schon vom Zuhören die Zähne schmerzten. Doch so ein Hasenzahn scheint wirklich einiges auszuhalten.

Mittlerweile ist es Mittag und die Sonne hat alles etwas angewärmt. Der Hase sitzt mit seiner großen Tasse Kräutertee nachdenklich an seinem großen Tisch. Ein kleines wohlriechendes Wölkchen schwebt über der Tasse. Es duftet nach Sommer, Blumen, Früchten… kein Wunder, dass der Blick von Hans so abwesend ist. In seinem Traum hüpft er bestimmt durch Wald und Wiesen, ohne kalte Füße.

„Quitsch… quitsch!", wird die Hasenbautür ganz langsam und vorsichtig aufgeschoben. Herein stapft ein völlig durchgefrorener Filius.

Mit jedem Schritt fallen kleine Schneehäufchen von ihm ab, um sich dann in einer kleinen Pfütze am Boden zu vereinen.

„Ob ich mich wohl – klapper, klapper – bei dir – klapper, klapper – etwas aufwärmen dürfte?!", stottert er. „Filius, was ist mit dir passiert? Ja klar, komm rein. Hier trinke was von meinem Sommertee, dann wird dir gleich wärmer.", erwidert sein Freund.

Nach dem dritten großen Schluck kommt wieder etwas Farbe in das Engelgesicht. Er kuschelt sich in die warme Decke ganz dicht neben den Hasen und beginnt zu erzählen: „Ich hab es im Himmel einfach nicht mehr ausgehalten. Aloisius ist schon morgens am ausflippen – ups – das darf man zu einem Engel bestimmt nicht sagen!" „Was ist denn wirklich los?", bohrt Hans besorgt. „Nun, es ist wie jedes Jahr, Weihnachten rückt immer näher und er hat Angst, dass alles nicht fertig wird. Dabei hat Immanuel einen neuen Plan aufgestellt und es läuft alles wie am Schnürchen. Sonst könnte ich ja auch nicht hier sein! Aber Aloisius, der lässt an nichts eine gute Locke. Keiner macht es ihm recht.", Sprudelt es aus dem Engel. „Vielleicht hat Aloisius zuviel abgegeben, hat er denn noch eine Aufgabe?", sucht der Freund um Rat.

„Ja – äh, eigentlich…", grübelt Filius, „eigentlich hat er gar nichts mehr, deswegen verstehe ich das ganze Theater ja auch nicht."

„Was könnte denn Aloisius tun, ohne dass er wieder im Ganzen mit mischt.", erkundigt sich Hans. „Der soll machen was er will, aber uns soll er in Ruhe lassen!" Der Engel wird immer aufgebrachter. Er springt auf und wirbelt durch den Raum. Hans versucht ihn zu beruhigen: „Jetzt reg dich nicht auf. Du schickst den guten, alten Aloisius zu mir, hier her in mein Reich und ich versuche Euch zu helfen! Wie wäre das?" Da bleibt Filius mit einem Mal wie angewurzelt stehen und starrt den Hasen an: „Das willst du freiwillig…!" „Jetzt lass es aber gut sein", schüttelt Hans den Kopf dass die Löffel nur so wackeln. „Der Aloisius wird schon kein Unengel sein. Lass mich da mal nur machen!", und mit diesen Worten schiebt er den Engel zum Hasenbau hinaus.

Murmelnd huscht Filius an Petrus durchs Himmelstor: „Wie soll ich das nun wieder hinbiegen…" „Moment! Mein Lieber! Was willst du `hinbiegen´?", raunt Petrus. „Ich soll Aloisius dazu bringen, dass er zur Erde schwebt, zu Hans und der will dann – ach was weiß ich! Zur Vernunft will er ihn bringen, den

Aloisius – der hat doch keine Ahnung!", schimpft der Beauftragte und macht dass er weiter kommt. Nachdenklich und überrascht zieht der Himmelstorhüter die Augenbrauen nach oben: „Vielleicht schafft es wirklich nur ein Erdenbewohner ihm den Griesgram zu vertreiben. Das würde uns allen sehr gut tun, und vor allem dem Griesgram selber!" Filius kauert sich auf seiner Wolke, auf seinem Bettchen zusammen und überlegt. Alleine kommt ihm keine wirklich gute Lösung und so macht er sich auf, zu Immanuel, schließlich muss der ja auch als erster wissen, welcher Engel sich wo herumtreibt.

In der Werkstatt sitzt Immanuel mit Egidius gerade zusammen und kontrolliert die Pläne. „Schönen Gruß von Hans, dem Hasen, wir sollen ihm Aloisius schicken!", legt Filius kurz und knapp die Neuigkeiten auf den Tisch. „Wie meinst du das?", entgegnen beide wie aus einem Mund. „Na ja, ich hab es nicht mehr ausgehalten, das Gebrüll vom alten Herrn. Und hab mir bei Hans einfach Luft verschafft. Ja, und der hat dann die Idee gehabt, dass er sich um Aloisius kümmert. Doch wie er das anstellen will, das kann ich mir beim besten Willen nicht vorstellen", der Engel holt tief Luft und fährt fort: "Aber wie sollen wir Aloisius dazu bringen, gerade jetzt vor Weihnachten. Ich hab seinen Anfall schon himmlisch vor mir. Der Unersetzbare!"

Die zwei anderen Engel sitzen wie erstarrt. Egidius kriegt auf einmal ganz rote Backen – das kriegt er immer vor Aufregung – und dann traut er sich: „Vielleicht könnt ich ja der Vorwand sein, weil ich bei meiner Aufgabe als Schutzengel noch etwas Hilfe brauche, so die ein oder andere Korrektur."

„Aber dich brauche ich doch hier, bei der Materialausgabe?!", setzt Immanuel entgegen.

„Wenn ich es mir recht überlege, hat Egidius Recht! In Aloisius Augen braucht er noch viel – sagen wir Hilfe. Und wer kann das am besten?", schwärmt Filius.

Mutig schwebt nun Filius los zu Aloisius um sein Glück zu versuchen. Vor dessen Wolke zupft er sein Kleidchen noch einmal ordentlich zu Recht, räuspert sich und spricht dann doch mit starker Stimme: „Aloisius, ich brauche dringend deine Hilfe, der kleine Egidius ist als Schutzengel noch etwas unbeholfen. Keiner von uns konnte es ihm bisher erklären." – Pause – aber Aloisius sagt kein Wort; ist das ein gutes oder ein schlechtes Zeichen – „Wenn du ihn aber unter deine Flügel nimmst, weil du so erfahren bist…!", Was sollte er noch sagen?!

„Ich werde es versuchen! Er soll nach dem großen Halleluja an der Himmelpforte auf mich warten", brummt der Engel.

Ganz aufgeregt hüpft nun der kleine Egidius von einem Beinchen aufs andere, so dass ihm Petrus ruhig die große warme Hand auf die Schulter legt: „Nur Mut Egidius du bist deiner Aufgabe bestimmt gewachsen."

„Gut, Egidius, wo soll's denn hin?", steht plötzlich Aloisius bei ihnen. „Ich flieg einfach voraus, wenn's recht ist!", haspelt der Engel.

Hans hat sich sehr wohl auf den hohen Besuch vorbereitet. Der Tee in den zwei großen Tassen duftet wunderbar und er streicht sich gerade noch das Fell an den stattlichen Löffeln zu Recht. Da kratzt es am Eingang und wie die zwei Himmelsboten eintreten wird es Tag hell im Hasenbau. Hans

ist ganz geblendet. „Immer herein in die gute Stube", begrüßt
er seine Gäste.

Egidius hopst kurz auf den Hocker flüstert in des Hasens Ohr:
„Ich muss gleich wieder, das schaffst du schon! Schönen Gruß
von Filius!", und schon war er verschwunden.

„Dieser Lümmel, keine Man…", will Aloisius lospoltern, doch
Hans schiebt in einfach auf die Eckbank und prostet ihm mit
seinem Sommertee zu: „Nun also, ich bin Hans Hase und du
müsstest demnach der gute Aloisius sein, von dem mir Filius
schon viel vorgeschwärmt hat!" Die Gesichtszüge des Engels
entspannen sich und er nimmt einen kräftigen Schluck. „Was
ist das Leckeres, das schmeckt wie Sommer, jetzt kurz vor
Weihnachten. Wie kann das sein?", nuschelt Aloisius in seinen
Bart.

„Ich denke das macht die Mischung und das gute Gefühl wenn
ich den Tee koche", entgegnet ihm der Hase.

„Mit diesem Händchen könntest du bestimmt den
weihnachtlichsten Weihnachtstee zaubern!", fordert Aloisius.

„Wenn du meinst, aber ich weiß gar nicht wie Weihnachten
wirklich riecht!", entgegnet der Hase verwirrt. „Ich bin doch nur
der Osterhase!"

„Ach was, Paperlapapp, du brauchst nur die richtigen Zutaten,
dann klappt das schon.", murrt der Engel. „Egidius muss zum
Markt und alles herbringen…!"

„Egidius kann nicht zum Markt, er ist zurück in den Himmel
und ich weiß nicht wohin.", kontert Hans. „Wie wäre es mit dir?
Mit Weihnachten kennst du dich aus, du hast schon einmal
Gewürze und allerlei Leckeres organisiert, ich denke du bist
der richtige Engel dafür. Und Zeit hast du doch, oder?"

Noch ehe der Engel recht versteht worum es geht, wird er vom
Hasen zum Bau hinausgeschoben.

„So was! Diese Erdlinge, wie die mit einem Engel wie mir
umspringen!", brummt Aloisius und macht sich auf zu Frau
Nägeles Weihnachtsmarktstand. Indessen setzt der Hase
frisches Teewasser auf und legt Feuer nach. „Mal sehen, wie

ich den Engel noch etwas einspannen kann, bisher ist es fast von alleine gegangen."

Er stellt verschiedene Schüsselchen auf den Tisch, einen Mörser und eine große Tonschale. Um sich selber ein wenig in Stimmung zu bringen zündet er eine dicke rote Kerze an. „Sieht weihnachtlich aus!", lobt er sich selber.

„Pah, weihnachtlich!", steht auf einmal Aloisius neben ihm. „Du bist mir vielleicht ein Osterhase. Eine Kerze allein macht es noch lang nicht weihnachtlich." „Gut, dann kannst du mir ja während ich den Tee mische von Weihnachten erzählen, damit ich kein dummer Hase bin." Mit diesen Worten grabscht der Hase nach der Tüte voller Düfte und beginnt alles auf die Schüsselchen zu verteilen.

Vom Engel hört man keinen Ton, er hat sich auf die Bank praktisch fallen lassen und starrt den Hasen an. Eigentlich würde er diesen jetzt gerne alles möglich heißen, doch sein Engelherz rast wie wild, denn die Art und Weise wie Hans an allem schnuppert und die einzelnen Gewürze begutachtet, fasziniert ihn.

Und dann fängt der Engel mit sehr tiefer und ruhiger Stimme an zu erzählen: „Eigentlich ist Weihnachten erst ganz am Ende. Und doch der Anfang! Der Advent ist die Zeit, die du nicht richtig zu kennen scheinst, oder beides.

Aber Advent kommt vor Weihnachten und es ist die Vorbereitung. So, wie du das hier tust, und du tust es sehr adventlich. Es ist inne halten und sich besinnen, auf das Wesentliche. Es ist aber auch sich vorbereiten auf das großes Fest. Die Geburt unseres Herrn…!"

Da haben sich zwei gefunden. Die halbe Nacht erzählen sich und ergänzen sich die Beiden und im Hasenbau wird es immer adventlicher, zumindest für meine Nase.

Am nächsten Morgen traue ich mich kaum nachzusehen, was die Beiden tun, denn die Vorhänge sind noch zugezogen. Schlafen die Zwei noch? Es steigt aber Rauch auf und irgendwie traue ich der Sache nicht.

Bevor ich mich selber entscheiden kann macht es mir Filius leichter und huscht einfach zum Hasenbau hinein. „Was ist hier passiert?", haucht er. Ein angenehm warmes Licht erfüllt den ganzen Bau und es duftet, duftet, duftet! Von der Decke hängen unzählige goldene Sterne herab und der Hase und Aloisius sitzen zusammen und stellen soeben die vierte Kerze auf eine Teller mit grünen Zweigen. Auch hier und auf dem ganzen Tisch, nein sogar überall im Raum am Boden liegen diese kleinen golden Sterne.

„Es hat Sterne geregnet, Filius! Sieh nur alles ist voll!", strahlt Hans.

Fragend sieht Filius den alten Engel an: „Da hast doch du die Flügel im Spiel?!" „Was soll das heißen?", raunt dieser. „Zuerst mich verkraulen und dann so…!", verlegen schaut Filius zu Boden.

„Und ich weiß jetzt alles über Advent und Weihnachten! Mit jedem Sternchen bin ich dem Geheimnis näher gekommen. Und in ein paar Tagen, am Heiligen Abend seid ihr alle, alle meine Freunde eingeladen hier mit uns Aloisius und mir richtig Weihnachten zu feiern.", er nimmt seinen Freund sanft in die Arme. „Ich werde zu einem Weihnachts-Oster-Hasen!"

Filius lässt sich auf den Hocker sinken: „Dabei hab ich mir solche Vorwürfe gemacht, weil ich über dich Aloisius so geschimpft habe. Das tut mir leid." „Schon gut, du hattest ja auch Recht, ich sollte wirklich langsam richtig abgeben. Immanuel ist ein sehr fleißiger Engel. Er macht seine Sache gut!" „Anders aber gut!", fügt Hans hinzu.

Woher die Sterne nun wirklich kommen, ich weiß es nicht, aber mit einem schönen Gruß lege ich einen bei, auf dass es Advent und Weihnachten werde. Herzliche Grüße!

Ursel Waibel

Ich bin 1970 in Schwäbisch Gmünd geboren.
Habe nach der Realschule meinen Traumberuf Erzieherin
erlernen können.
Zusammen mit meinem Mann gründeten wir unser kleines
Familienunternehmen. Welches zu meiner Hauptaufgabe
wurde und mir sehr viel Freude bereitet. Oft gibt es mir kleine
Anknüpfungspunkte für meine Geschichte.
Mit dieser tatkräftigen Unterstützung starte ich nun in eine
große Herausforderung, mein eigenes Buch veröffentlichen.

Ich freue mich, wenn ich den einen oder anderen Leser in
diese andere Welt entführen kann, in der man einem Engel
sehr nahe kommt.

www.ursel-waibel.de